上海戏剧学院 规划建设教材

诗词意境小品教程

宋捷 万红 著

文化艺术出版社
Culture and Art Publishing House

目录

绪　论

《诗词意境小品教程》是探索戏曲导演本科教学的第一本教材。

当前的社会是一个发展、动荡、瞬息万变的社会。反映在文化艺术领域，由于现代化多媒体、多信息的渗入，为戏曲带来了多元化的融合契机。对于戏曲的继承和发展，尽管原因仍在讨论中，有一点认识却在不断取得共识——“好戏需要好导演!”“建立年轻有为的戏曲导演队伍!”这个重担无疑落到了高等艺术院校的肩上。

2002年当我们起步开设戏曲导演专业本科班时，对现有的戏曲导演教学做了认真的分析和思考。导演教学教什么？我们认为主要是导演思维的方式方法。说到底是教创作思维，其次是导演技法。其中创作思维是根本。

话剧培养导演的有关系统的理论和课程，在基础课中把话剧导演艺术所需要的元素化为“观察生活小品”、“表演交流小品”、“物件小品”、“事件小品”、“双人调度小品”、“多人调度小品”、“音乐音响小品”、“画面小品”、“气氛小品”等等。让学生在小品创作的实践中获取导演的能力，构成一个完整的话剧导演基础课。从这些导演基础课的设置中，可以看到统帅整个导演基础训练的是“摹象”的艺术体系，也就是话剧的“写实”体系。我们不能忽视这一体系教学的科学性，由于它的创作原则是生活的再现，使导演学习不得不时刻思考着怎样掌握把生活当中鲜活的东西提炼到舞台上的规律。这是一种创作思维的学习。因此，我们在戏曲导演课程设置上，提炼了“观察生活小品”、“事件小品”、“画面小品”的教学与实践，使学生在创作中体会“写实”体系的精髓。

但是，仅有“写实”体系的训练，对于戏曲导演是远远不够的。戏曲的舞台演出和话剧的舞台演出是完全不同的表现形式。以“写实”为主的话剧和以“写意”为本的戏曲，是两个不同的美学范畴，戏曲是“以歌舞演故事”，是以“唱、念、做、舞”的程式为表现形式。那么，戏曲导演教学是不是就应当直接以戏曲程式命题创作小品呢？当然这也是一种训练。但是，这些表演的程式只能作为方法的元素和表现形式的元素，而不能构成创作思维的元素。仅从形式人手，很可能形成学会了程式的重新组合，而学不到创作思维的根本。我们需要的是一个开拓写意思维的课题，这个课题既不失去对于生活这个大源泉全面思考、驾驭和提炼的思维过程，又渗透着“写意”的创作原则。

于是，我们把眼光投向了诗词。诗词与戏曲有着相同的文化底蕴，戏曲艺术是诗词文化发展的结晶，“从戏曲文学的角度看，可以说，以唐诗宋词为代表的诗歌意象就是戏曲意象的前身。”① 我们总结多年的导演实践和教学，感到戏曲导演思维是形象思维、意象思维、程式思维、灵感思维深度融合的一种创作。这种思维正是源于中国古代诗词。每一首诗词都是来源于生活的，又是意象的、程式的、灵感的，这不正是可以作为培养学生“写意”创作思维的把手吗？由此我们将“诗词意境小品”当做实验课题投入了本科教学。在教学实践中，我们把“诗词意境篇”化做三段式与“写实”的三个小品形成穿插式教学，写实、写意双轨并行，我们称之为“两把锤子”共同夯实导演基础，最后归结为两个戏曲小品结束戏曲导演专业的基础教学。历经六年五个年级的实践，收到出乎意料的教学成果，今天，“写意”已经不是戏曲的专利，话剧舞台上也有丰富精彩的写意手法，但是在导演教学上还没有专门的写意导演训练元素。这也促使我们将其编成教材，以供同行们指正、批评。

---

① 沈达人：《戏曲意象论》，文化艺术出版社1995年第1版，第28页。

本书的第一章“背诵诗词”就是为大学一年级第一学期学生打开的“写意”创作练习的突破口。它虽然是以背诵的形式要求教学的，在大学教学中似乎显得有些“小儿科”，然而对于戏曲导演本科教学，是不可忽视的基础，犹如学戏曲要从“四功五法”的训练开始一样。学习戏曲不学习传统文化是不行的，对诗词的背诵是打开“熟悉传统”大门的钥匙。通过第一段教学达到对“写意”创作的启蒙和学生文化素养积累的目的。

第二章的“诗词意境小品”教学是第一学期在“观察生活小品”后的第二个小品作业。要求是把自己选中的诗词，立体地呈现在舞台上，成为独立小品。

“诗词意境小品”主要是通过舞台行动展现情感和意境，除诗词外不准有台词，而人物和空间的构思取决于诗词抒情、言志、象征、叙述等非再现元素形象化的需要。实际上就是要把学生逼到与“写实”完全不同的创作途径上去。舞台上所有的行动都随着情感的流程和诗的意蕴展现。这是一种与戏曲相通的创作思维的训练，小品成功与否，取决于教师对学生创作思维正确与否的判断。

第三章“音乐、音响诗词意境小品”是对写意创作思维的深化。音乐和音响是导演学中必须掌握的重要元素，这一章教学中我们把音乐、音响和诗词意境复合在一起，还有一个重要的理由是诗词和音乐有着共同的美学特质，那就是写意与抽象。这也恰恰是戏曲的主要艺术特质，这一章中我们着重讲了话剧与戏曲在音乐、音响运用方面的异同，同时明确规定了“要以选择的音乐、音响为支点”外，还要求择定诗词文本为情节结构的主要基础，创作有事件、有情节、有人物、有冲突、有诗词意境的小品。通过深化这一课题，在原来“写意”创作的基础上，对戏曲创作思维进一步夯实基础。

经过了五个年级的导演本科基础教学，诗词意境系列小品教学都取得了突出的成果，对于促进学生导演创作思维、开拓学生视野和想象力、增长学生戏曲导演能力有着直接的帮助。我们也由此取得了成功的经验。

导演学中的每个专业元素都有一定的基本知识和技能。在“诗词意境篇”三个章节中我们力求把关于诗词的认识、意境的认识、从诗词到戏曲的剧诗认识从理论到实践步步深化，在诗词的格律和意境方面的知识，我们有赖于王夫之的《姜斋诗话》、周振甫先生的《诗词例话》、王力先生的《诗词格律》、金席友先生的《诗词基本知识》、李笑野、张晶先生的《中国诗学》，对于小品范例的引证是为了引导学生的创作实践。这本教材主要针对戏曲导演专业教学，不足之处，希望得到专家和同行们的指正。

第一章　诗词背诵——戏曲导演的必修课

第一节　戏曲导演专业学习的引线和基础

大家都能够背诵几首唐诗宋词，这表明同学们在接受中等教育后的文化素养。但是对于进入艺术大学的学子，尤其是戏曲导演专业的来说，这远远不够。我们的培养目标明确规定："本专业致力于培养具有社会主义的思想品德素质、热爱现实生活、熟悉传统文化、身心健康、富有时代创新精神和实践能力的高层次戏曲（含话剧、影视）导演创作人才。"大家注意到"熟悉传统文化"是这个专业的显著特色。

背诵诗词不仅是为了熟悉传统文化，更重要的是它将是培养戏曲导演思维的一根引线。知识结构的建构是人的生命中重要阶段之一。大学学习决定着终生从事的专业，而导演专业是发掘人的艺术创造力的专业。创造力来自创造性思维的培养，在这个意义上说，导演学习就是创作思维的学习。

话剧导演的学习和培养都是从观察生活开始到各种不同的小品创作，这来源于前苏联斯坦尼斯拉夫斯基体系。目的就在于不断地感悟"生活"与"艺术"之间的关系，不断地打造创作思维。这种以舞台再现生活的创造，是"写实"美学体系的创作思维，对于导演学来说，这是不可缺少的课程。

然而对于中国戏曲的创作，用舞台再现生活的"写实"体系是无法囊括的。戏曲是中华民族文化艺术的结晶，它是以表现人和事物内在真实为最高诉求，是一种意象性创作思维，从美学体系上属于“写意”范畴。那么，我们用什么样的课题引导和训练本专业学习又扎实又快捷又健康地进入“写意”的创作思维呢？在教学中我们寻求了“诗词”这根引线。通过“诗词背诵”——“诗词意境小品”——“音乐音响、诗词意境小品”三段式教学，贯穿于导、表演基础课程，经过六年五个班级的教学，对于开掘了学生的“写意”创作思维卓有成效，成为戏曲导演基础教学的必修课。

“诗词背诵”对于戏曲导演学习，是构建知识结构的一个新的层面，是扎实传统文化的种子，面对当前社会中的浮躁文化，尤其重要。如同戏曲表演专业在大学里必须学习训练高规格的“四功五法”的程序一样，不同的是“四功五法”的学习训练是强调表演技法和基本功。“诗词背诵”强调的是对诗词创作思维的感悟。

比如：家喻户晓的一首李白的诗《夜静思》：

床前明月光，疑是地上霜。

举头望明月，低头思故乡。

这首诗通常会出现在哑哑学语的幼儿时期克隆式的模仿，或是小学时期强调的只是简单的背诵以及对诗词的解释，再或是到中学时期可能强调对这首诗的赏析。但是在我们的学习中诗词背诵阶段，首先要求感悟诗中蕴含的无比悠长深远的意味，要感悟诗人创作这首诗的一种思维方式，要打开自己的丰富想象，尝试着利用舞台支点和空间，把这首诗的意蕴形象地表现出来。

试看 2007 级王琳娜同学以“人生四阶段”形式的背诵：（1）父亲在教一个五岁小孩背诵诗的过程，小孩子从不愿背诵到开始学会背诵；（2）到了中学时期，老师在课堂上讲解这首诗时，学生扰乱课堂，漫不经心地轻蔑这首早就会背的诗……；（3）到了中年做了母亲，耐心教导自己的孩子背诵这首短诗；（4）人到晚年，她设置了一位老太太身在国外，听到孙女回来用外语与她讲话的时候，老太太再次用和开始的相同语言教孙女背诵这首“床前明月光……”，同时音乐渐入……立意、主题和诗的意蕴被学生用舞台形象强化出来。李白思乡的心、自己对这首诗的理解和爱国的情愫以舞台的形象阐释出来，这里边有王琳娜同学的丰富想象和舞台行动的构思，这是符和教学要求的诗词背诵，诗的意蕴和境界得到了延伸，在背诵阶段把一首诗从最基本的语言到形象的树立，变成为导演的思维训练。如果面对戏曲演唱的台词，比如："一轮明光照窗前，愁人心中似箭穿……""望长空，想五井，似看到万山丛中战旗红……"的时候，导演就有可能想出更丰富更具体的形象和行动来表现剧中的意蕴。这就是基础。

由以上实例可以看到"诗词"是有形的，但诗词发散出来的思维是无形的，把这些无形的思维用具象的舞台形象表现出来，就是诗词到戏剧的形象创造。这就决定了我们对"背诵诗词"的要求：

第一，体验诗人写诗的情感；

第二，体验诗中内容；

第三，体验诗词创作的思维方式；

第四，体验诗词韵律和节奏；

第五，在诗词背诵的表现形式上，要求努力打开自己丰富的想象，尝试着用舞台空间和支点，创造与诗词内涵一致的表演形式。

复习题：

背诵一首诗词，谈谈诗词可以焕发自己的哪些想象？可以怎样营造形象？

第二节　寻找诗词的感觉——感悟诗词的创作思维

上一节我们讲到导演学习主要是创作思维的学习，那么为什么"创作"思维要从"背诵"诗词开始呢？因为只有这样才能找到艺术感觉，这是一条寻找艺术感觉的最佳捷径（从大量诗词中选择自己有感受的去背诵，这里已经包含了"创作"的意味）。

"感觉"有着双重性。一方面感觉是感悟的初级阶段。感悟，是从感性到理性的过程。感，是感觉，感受，感触；悟，是领悟，是体验，是顿悟，是"悟道"（升华）。对于创作，真正顿悟了、"悟道"了，就是到了导演创作的自由王国。另一方面，无论是学者型的导演，还是实践型的导演，捕捉一个作品时首先是从感觉开始的，这是很直接的，创作出来的艺术作品给人的感受，传达的审美，最直接的也是感觉。从这个意义上说，感觉又表现为艺术的终极，所以，我们导演课的基础课程经常会讲到“感觉”。同样，背诵阶段中也要求寻找感觉。

感觉是最简单的心理活动过程，但又是最难把握和描述的心理活动。任何一门成功的艺术首先来自创作者心中丰富的感觉。艺术感觉是心灵与艺术、艺术与心灵沟通的感性通道。在所有的文学艺术中，可以说，诗词是最讲究感觉的。诗词的语言是一种独特的把握社会生活和表达内心世界的语言艺术。没有丰富的感觉，没有对诗词文体的独特感受和体验，就难以理解诗词的写意创作思维了。

要获得对诗词文体的感觉，就必须大量阅读和背诵。诗词给人的感受是多方位的，诗人激荡的情感如喷薄的火山，又如滚动的地下岩浆，如浩瀚的海洋，又如汩汩的溪流，如巍峨挺拔的山峰，又如静谧脉脉的远山；诗词中丰富的联想和想象像奔驰的野马任意驰骋，天上地下、自然宇宙、社会人生无所不到；诗词语言最形象、最简洁，也最具有音乐性和跳跃性，一个诗歌的意象可以韵味无穷，使人真切感受到一字千金的妙处，一首诗歌可以如一支乐曲、一件精美的工艺品，让人陶醉和惊叹不已。但是，这一切的感受必须来自“量”的积累，所以我们要求以背诵积累“量”，要求在积累中获得对诗词的“总体感觉”，在每一位同学背诵时，大家共同来感觉，共同获得一次次心灵的颤动、情感的沐浴、思想的启迪，体会诗词中浑然一体的整体美、韵味无穷的含蓄美、流畅跳动而又和谐的韵律美的感觉。有了这种感觉的体验，不仅仅有了对诗词文体特征的初步认识和感悟，更会在不知不觉中增加对“写意”创作的经验和思维方式的熟识和积累。

从宏观上讲，诗词是人类文化的结晶；从微观来看，每一首诗词都包含了艺术创作思维的各种元素，它以最凝练的语言、最短小的形式表现了完整的艺术的创作思维活动。于是它最有资格成为训练我们创作思维的母本。

背诵是一种积累，是一种对传统文化的继承，面对当前文化的浮躁现象，又是一种硬性的对抗。我们从迈进戏剧学院大门就跨入了神圣的艺术殿堂，将从事高层次的专业艺术创作，此刻的继承和积累将决定将来的底蕴。戏曲导演的学习必须摒弃浮躁，扎根在诗词高地，确立“写意”创作的起点。

教学要求：从导、表演基础课第一周起，每人每周背诵一首长诗，截至第十周“诗词意境小品”开始，每周背诵集体会课。

复习题：

1. 什么是艺术“感觉”？

2. 谈谈自己对寻找“感觉”的认识。

第三节　在背诵中感悟诗词的特性

一、诗言志

朱自清在其《诗言志辨》序中说到“诗言志”是中国历代诗论“开山的纲领”。

请看中国古代文献：

《尚书·尧典》：“诗言志，歌永言，声依永，律和声”；

《楚竹书·孔子诗论》（上海博物馆藏）：“诗隐志，乐隐情，文隐言”；

《庄子·天下》：“诗以道志”；

《荀子·儒效》中说“诗言是其志也”。

“诗言志”是先秦时期对《诗经》的理论总结，不仅为儒家所接受，也为道家所接受。表明诗人作诗是“意志”支配的，所有的诗，首先表现为一定的“意义”。“意”与“义”在古汉语中既指意味又指价值。《诗经》的“诗言志”直抒精神价值，张扬了“心志”主体性。

再看近代论述：

闻一多先生在《歌与诗》中说：“志有三个意义：一记忆，二记录，三怀抱，这三个意义正代表诗的发展途径上三个主要阶段。”这里闻一多先生表述，诗的产生本在有文字以前，当时专凭记忆以口耳相传；文字产生以后，则用文字记载以代记忆；诗与歌合流之后，以诗抒发志向的第三种解释便被人们确定了。

中国古代的诗词从《诗经》到唐诗宋词，每一首都蕴含着诗人的“志”，近代学者解释为“怀抱”，其实就是意义。虽然不是篇篇探究世界的终极价值、人生的根本意义，但无可否认，它们都从不同的层面、不同的维度和不同的视角传达出对生命体验、意义求索和理想追求的关切。其实这都表现为“志”，这是一种隐含于诗、隐含于情的“志”。

再请看西方“意义论”的代表：

“意义”理论自西方近代哲学兴起以来渐成热门论题，尽管对意义的本质和范围有着不同理解，但西方哲学家对意义问题的探讨可大致划分为语言哲学的“意谓”（Meaning）与道德哲学的“价值”（Significance）两个层面。就价值的维度讲，意义是主体对客体价值的主观评价，是主体以语言为中介把握客体的过程中凝结于语言中的观念内容。美国人类学家格尔茨在《文化的释义》中指出：“人类是由自己编织的意义网眼所支撑的动物。”不断追求与创造意义，就是提升人类的主体性，从而使人成其为人。①

由此看来“诗言志”的所谓“志”不仅与古之“意”、“义”相通，与现代的“意义”一词相近，而且与西方意义哲学的价值层面相通。当代意义理论一般认为，意义是人以语言为载体所传达的观念、情感和意愿（这里把情感纳入意义的范围之中）。这样，“诗言志”的“志”与当代把情感涵盖其中的“意义”定义恰相对应。这说明，古今中西虽有不同，但人类的认识是相通的。我们似乎可以说，人类数千年的文明史既是披荆斩棘改造物质世界的征途，亦是在意义长河中孜孜以求、苦苦寻觅的精神之旅。

导演专业学习在“诗词背诵”阶段教学中要强调对“诗言志”的感悟，是什么道理呢？古今中外流传下来的诗词浩瀚如海，你为什么喜欢这一首？为什么背诵这一首？这一首是写什么的？这是大家自觉不自觉都要想到的，其实这里首先起作用的是诗词的意义，就是导演学中强调的“立意”，诗词怎样“言志”和我们在小品创作中怎样渗透“立意”，以及在将来怎样捕捉剧本的主题和立意，是息息相通的，所以要求大家在背诵时从诗词本身来感悟渗透立意，表现意志，从而得到导演意识上的启迪。诗词中对“志”的表现，并不是干巴巴的、口号式的，而是充满鲜活的形象。比如：

---

① 张海晏：《“〈诗〉言志”与意义哲学》，《中国社会科学院院报》，2003 年 10 月 30 日第 3 版。

《念奴娇·赤壁怀古》苏轼［宋］

大江东去，浪淘尽，千古风流人物。故垒西边，人道是，三国周郎赤壁。乱石穿空，惊涛拍岸，卷起千堆雪。江山如画，一时多少豪杰。

遥想公瑾当年，小乔初嫁了，雄姿英发。羽扇纶巾，谈笑间，强虏灰飞烟灭。故国神游，多情应笑我，早生华发。人生如梦，一樽还酹江月。

这是一首怀古的宋词，人物、地点是具体的，上半阕以长江引喻了历史前进，下半阕写英雄的壮举。里面没有一句是写“志”，但处处可以使我们感受到作者在讴歌历史人物中渗透了自己渴望建功立业、报效国家的豪情壮志。诗人的“志”是在长江波澜壮阔景色和周瑜的雄姿英发形象中表现的，这就是诗词深层的咏“志”思维。

由实例我们可以看到，诗人把自己的“观念”转化为“形式”时，并不是直白式的、口号式的、概念式的，而是充满形象、情感、内容，但这一切都被“立意”和“志”统帅着。不可否认，由于戏曲产生时的“高台教化”论和后来为“宣传某种概念”服务的观念，使得某些戏曲剧目与观众产生审美隔阂，这同诗词中的“志”是两回事。在诗词背诵阶段要用自己的“心”体验诗人的“志”，又要反观经典优美的诗词通过什么把诗人的“志”体现出来，为正确理解戏曲立意打好基础。

二、诗缘情

“诗缘情”是相对“诗言志”的另一方面，表达诗词另一重要特性。提出这一观念的是西晋著名的文学理论家陆机，他在《文赋》中提出：“诗缘情而绮靡，赋体物而浏亮。”这是说诗是用来抒发主观情感的，要写得华丽而细腻，表达情感美好动人；赋是用来描绘客观事物的，要写得爽朗而通畅。较系统地总结了诗抒发主观情感的主要特点。

其实，在先秦“诗言志”的定位中也隐含了抒情的特质。

《礼记·乐记》：“凡音者，生人心者也。情动于中，故形于声，声成文，谓之音。”

《毛诗序》强调了“诗者，志之所之也”，但同时也强调：“在心为志，发言为诗。情动于中而形于言。”

《汉书·艺文志》提出“诗言志”后，接着又说“故哀乐之心感，而歌咏之声发”。

可见，古代在理论上没有把“志”和“情”对立起来，到了魏晋时期，陆机的“诗缘情”是在时代发展中对诗词艺术的特征提出了更明确更深刻的认识和理论上的总结，他提出“诗缘情而绮靡”的观点，是在建安文学发展中对诗歌艺术特征的探索和发掘，是对诗歌向抒情化、形式美方向发展提出的新的诗歌审美思想。这种对诗词的认识为魏晋后对诗词创作的升华，打开了精神境界，以至现代提出的感情对于诗而言，犹如人之血液、花之水分。它是诗歌的生命。诗人写诗无论采取何种方式，均为抒发自己的感情。

那么，导演专业学习为什么要在“诗词背诵”阶段教学中强调对“诗缘情”的感悟呢？这里关系到对创作思维的理解。创作思维首先表现为形象思维，在形象思维过程中，思维主体始终伴随着强烈的情感活动，每一个作品创作的起点都是因具体事物感动而产生的感情，换个角度说，“情感”是形象思维的核心。最简单的道理就是在我们的专业训练中，衡量一个同学的小品创作或是完成一个剧目的二度创作，首先的一个标准就是有没有情感力量的冲击。在这个前提下，我们才能让作品的立意渗入人心。我们为什么要用“诗词意境小品”训练学生的创作思维？一个重要的原因就是要从诗词中体验情感的特质和力量。背诵就要进入体验的过程，才可能打好基础。

（一）体验诗词中“情”与“志”的关系

诗是“情”与“志”的结合。“情”与“志”二者不可分离。“志”是什么？是思想观念，是爱什么，恨什么。“情”是什么？是“喜、怒、忧、思、悲、恐、惊”。“志”为“情”之根，有“志”才能生情，“志”是“情”之本源。有情无志是虚情，所谓“假惺惺”就是虚情，玩文字游戏也是虚情；有志无情不是艺术，没有情感的力量，不能令人感动，爱不起来，也恨不起来，就失去了艺术的审美。

我国古代诗词的创造是丰富的，背诵时要求从具体的诗词中体会。

有的诗情胜于志：如李白：“桃花潭水深千尺，不及汪伦送我情。”

有的诗志胜于情：如刘邦的《大风歌》：“大风起兮云飞扬，威加海内兮归故乡，安得猛士兮守四方。”

“情”与“意”结合得很好，就会有更加生动的形象。

如元稹听到白居易被贬谪的诗：“残灯无焰影幢幢，此夕闻君谪九江。垂死病中惊坐起，暗风吹雨入寒窗。”

（二）在背诵时体验诗词中的真情感

中国是一个诗歌王国，诗文的繁盛是古代中国的一大文化景观，流传至今的不过是全部诗文的九牛一毛，流传下来的诗词也有良莠之分。什么是好诗词呢？从陆机“诗缘情”的论述中，我们不难体会“诗缘情”缘起的是“真情”，拒绝一切虚假，如言无真情、辞无诚意，文辞虽美，“缘情”和“绮靡”不能有机结合起来，便会出现“言寡情而鲜爱，辞浮漂而不归；犹弦幺而徽急，故虽和而不悲”的情形。从古人的论述中已然揭示了唯有真情方是艺术的真正内在的生命力，是艺术最本真的关怀。

导演学习和训练中诗词背诵是对“意象”为本的思维体系的最初体验，在情感这个核心中，“真”是第一诉求。“诗到真处一字不可移易。”庄子说：“真者精诚之至也。不精不诚，不能动人。故强哭者虽悲不哀；强怒者虽严不威；强亲者虽笑不和。真悲无声而哀，真怒未发而威，真亲未笑而和，真在内者，神动于外，是所以贵真也。”这就说明我们在背诵诗词时首先要体验其中的“真实”才能进一步体会到诗人的丰富的情感。

如杜甫的《春望》：“感时花溅泪，恨别鸟惊心。”

《闻官军收河南河北》：“剑外忽传收蓟北，初闻涕泪满衣裳。”

《咏怀》：“朱门酒肉臭，路有冻死骨。”

杜甫悲忧喜怒的情感，首先都在一个“真切”上，感受人民同疾苦的“真切”，感受国运的“真切”，与时世同沉浮，发愤为诗，动人心魄，因此被后人尊为“诗圣”。

要想准确地把握作者最真切的思想感情，就必须了解诗人生活的时代，研究诗人的精神世界，以自己之心仔细品味诗人的真情，这又是导演学习的一门基本功，在艺术创作的一生中，唯有自己的真情深含作品当中，才可能有感人的力量。我们也从诗词背诵中入门体验吧。

（三）体验情感在诗词创作思维中的作用

导演教学中对诗词背诵的要求，不是把“情”当成固定的理论模式，而要体验“情”的表达是一个动态的审美过程。选诗词的过程首先是感觉触动自己心弦的“美”——这已经在培养自己的审美感受能力了；选中诗词后，首先用心体验诗词的“情与志”——当你感受到诗人的某一个意象触及和扣开内心思索时，你自己要和诗人一起打开情感的闸门，透过物象、自醒、自悟、自释等心理体验，然后把这种体验归结自己咏颂的形式，这就完成了一个心理体验的过程。在这个过程中，必不可少的便是创作主体的审美情感。

其次，在背诵的过程中，还要不断跳出诗人的主体，体会其情感不断转换的过程。反复读、背，直到全诗被自己以自己创造的形式呈现以后，便完成了一个动态的审美过程。

比如有的同学选择背诵屈原的《离骚》段落，《离骚》是中国古代诗歌史上最长的一首浪漫主义的政治抒情诗。诗人从自叙身世、品德、理想写起，抒发了自己遭谗臣被害的苦闷与矛盾，表现了诗人坚持“美政”理想，抨击黑暗现实，不与邪恶势力同流合污的斗争精神和至死不渝的爱国热情。诗中大量运用了古代神话传说，大量运用了“香草美人”的比兴手法，将深刻的内容借助具体生动的艺术形象表现出来，极富艺术魅力。以想象和联想的方式构成了瑰丽奇特的幻想世界，……时光流逝的无情、美人迟暮的感伤、理想追求的艰险、爱情无穷无尽的失落、心怀天下不得志的怅惘等，一系列的情境如一条流动的情感飘带，在每段的飘带上都安上了一个主体审美意象的名字，诗人围绕“路漫漫其修远兮，吾将上下而求索”的志向波涛澎湃的思维活动表现了美学的意蕴。对这种层次较高的“楚辞”的背诵，哪怕是节选，也必须努力去把握屈原的情感动态的过程。

在诗词背诵中，渗入对审美主体进行审美关照中的一个动态过程的这种要求，似乎高了一些，但是对于导演学习确实可以打下意象思维的创作基础。当然教学过程中我们不必过多强调美学理论，可以先让同学们作为诗歌欣赏者而背诵，背诵中根据大家对美的感受，因材施教、因势利导，打下基础，达到小品创作时的升华。

复习题：

举例说明你对“诗言志”和“诗缘情”的理解。

第四节　诗词与戏曲

“中国戏曲被认知为‘剧诗’，戏曲剧作最根本、最突出的特点是诗化”。[①]“诗歌”先于“戏”，是“戏”的文学母本。“歌”又先于诗，歌最初只用简单的感叹字来表示情绪，在语言产生之初，人类对客观事物的认识逐步深化，情感更加丰富，用几个感叹字表达远远不够用了。于是在歌里加进实词，以满足精神娱乐的需要。在文字产生之后，诗与歌的结合又进了一步，用文字书写的歌词出现了。这时，一支歌包括两个部分：一是音乐，二是歌词，音乐是抒情的，歌词即诗。这就是说，诗配上音乐就是歌，不配音乐就是诗。最初的诗都能配上音乐唱，歌就是诗，诗就是歌。而后，诗从歌中独立出来，变成可咏志、可抒情的独立文体。但是从诗的本源追溯它的思维，诗与歌、舞是浑然一体的。《毛诗序》说：“在心为志，发言为诗。情动于中而形于言，言之不足故嗟叹之，嗟叹不足故咏歌之，咏歌之不足，不知手之舞之足之蹈之也。”这已经非常有趣地预示了中国戏曲的发展。确实，中国古代的戏曲家们，本身就是诗人或词人，当他们进行戏曲创作时，不可能不受到诗词创作特有的思维方式的影响。王国维的“以歌舞演故事”为戏曲下了准确的定义。什么是戏曲的“歌”？——就是以中国的诗词格律为文本配之于音乐；什么是戏曲的“舞”？——就是在对诗歌意境追求的美学原则下的手舞足蹈；怎样“演故事”？——就是有人扮演角色，有歌有舞、诗情画意、人景交融地把故事表演出来。这里又表现了诗词的具有鲜明民族特色的意境美学。

前面三节我们分别要求大家从立意、抒情等方面体验诗词意象思维特征，这节中我们仅要求大家通过诗词的背诵体验戏曲诗词化的唱词的文化底蕴。至于戏曲创作思维的全方位的学习和训练，将在后面“诗词意境小品”、“音乐、音响诗词意境小品”中体现。

---

① 贯涌：《戏曲剧作教程》，文化艺术出版社 2002 年第 1 版，第 4 页。

一、从诗到唱词

前面谈到，诗从歌中独立出来，变成可咏志、可抒情的独立文体，这突出表现在唐诗的成就中，形成了一定的格律，有古诗、乐府、律诗、绝句等。大家朗读背诵起来都不同于散文、小说，更不同于生活中的自然对话，背诵起来都会朗朗上口，表现了“吟咏”的朗诵性。

至于发展到“词”，又经过了漫长的历史阶段。词产生于隋代，流行于中唐。现存最早的唐代民间词是在敦煌发现的曲子词。“曲子词”就是有音乐曲谱的词，看来古代的文学家、诗人们不满足诗的朗诵性单一发展，他们沿着诗“吟咏”的特性发展，同音乐再度结合。

词与汉代《乐府》有着历史渊源，“乐府”这个词，最早见于西汉初期。汉惠帝设有“乐府令”为专管音乐的官，到了汉武帝时由设立官员发展到规模巨大的官府。《汉书·礼乐志》记载：“至武帝，定郊祀之礼，乃立乐府，采诗夜诵。由赵、代、秦、楚之讴。以李延年为协律都尉。多举司马相如等数十人造为诗赋，略论律吕以合八音之调，作十九章之歌。”此后，唐、宋两代也都设有类似的音乐机构，专门整理古乐和制作新曲，这些新曲后来不少成了词牌。如《并蒂芙蓉》、《黄河清》、《寿星明》等。另外，来自民间的曲调为文人所爱好，依据填词，后来得以流传，如《竹枝词》、《杨柳枝》等。还是因为同音乐的关系，汉唐时期，西域和边地的音乐不断传入内地，曲调也随之流传，被文人采调填词，如《菩萨蛮》、《凉州词》、《八声甘州歌》等，另有很多是曲牌因填词主题而成立词牌名或摘取词中的某些字词成立词牌名，如《踏歌词》、《浪淘沙》、《忆秦娥》、《念奴娇》等。由此可以看出“词”本来是依“曲”而生的，是一种配合音乐、可以歌唱的诗歌。

由于“宋词”在文学上的高度发展，又一度逐渐脱离音乐而独立，衍变为一种格律化的长短句，但有一点可以体会到，那就是在更高层面上再度呈现诗词“吟咏”的朗诵性。我们教学中的背诵诗词主体是在“唐诗”和“宋词”。

但是诗词文化并没有由此停留，“元曲”、“明传奇”就是以诗词为母本发展起来的中国戏曲，其中唱词成就不仅不低于“唐诗”、“宋词”，而且由于戏曲人物情节的设置，由此全面展开的意象思维，使很多唱词也成为千古名句。不少同学也择选背诵，积累从诗词到唱词的体验，开拓创作思维。

如元曲中关汉卿的《感天动地窦娥冤》选段：

【滚绣球】有日月朝暮悬，有鬼神掌著生死权。天地也只合把清浊分辨，可怎生糊突了盗跖颜渊。为善的受贫穷更命短，造恶的享富贵又寿延。天地也做得个怕硬欺软，却元来也这般顺水推船。地也，你不分好歹何为地？天也，你错勘贤愚枉做天！哎，只落得两泪涟涟。

如元曲中王实甫的《西厢记》选段：

【正宫】【端正好】碧云天，黄花地，西风紧，北雁南飞。晓来谁染霜林醉？总是离人泪。【滚绣球】恨相见得迟，怨归去得疾。柳丝长玉骢难系，恨不得倩疏林挂住斜晖。马儿迍迍的行，车儿快快的随，却告了相思回避，破题儿又早别离。听得道一声"去也"，松了金钏；遥望见十里长亭，减了玉肌，此恨谁知？

如明传奇中汤显祖《牡丹亭·惊梦》选段：

【步步娇】袅晴丝吹来闲庭院，摇漾春如线。停半晌、整花钿。没揣菱花，偷人半面，迤逗的彩云偏。步香闺怎便把全身现！【醉扶归】你道翠生生出落的裙衫儿茜，艳晶晶花簪八宝填。可知我常一生儿爱好是天然。恰三春好处无人见。不提防沉鱼落雁鸟惊喧，则怕的羞花闭月花愁颤。【皂罗袍】原来姹紫嫣红开遍，似这般都付与断井颓垣。良辰美景奈何天，赏心乐事谁家院！朝飞暮卷，云霞翠轩；雨丝风片，烟波画船——锦屏人忒看的这韶光贱！

二、戏曲唱词与诗词的音韵、格律、节奏

(一) 押韵和韵辙

1. 韵是诗词格律的基本要素之一。诗人在诗词中用韵，叫做押韵。
2. 押韵是指在特定的文体里，在某些句子的一定位置上使用同韵的字。

押韵的文体称韵文，诗歌是最常见的韵文。从《诗经》到后代的诗词，差不多没有不押韵的。在戏曲中，韵又叫辙，押韵叫合辙。民歌也押韵，但往往中间换韵。

3. 一首诗有没有韵，是一般人都觉察得出来的。“诗词中所谓韵，大致等于汉语拼音中所谓的韵母。大家知道，一个汉字用拼音字母拼起来，一般都由声母和韵母组成。例如‘公’字拼成gōng，其中g是声母，ōng是韵母。声母总是在前面的，韵母总是在后面的。我们再看‘东’dōng，‘同’tóng，‘隆’lóng，‘宗’zōng，‘聪’cōng等，它们的韵母都是ong，所以它们是同韵字。”①

4. “凡是同韵的字都可以押韵。所谓押韵，就是把同韵的两个或更多的字放在同一位置上。一般总是把韵放在句尾（押韵的位置一般在句子的末一字），所以又叫‘韵脚’。”②

5. 押韵的目的是为了声韵的谐和。同类的乐音在同一位置上的重复，这就构成了声音回环的美。

6. 诗的押韵规律方面，诗较词、曲简单一些，戏曲中板腔体唱词的韵辙同诗基本相同，一般是“一、三、五不论，二、四、六分明”即一、三、五句可以不押韵，二、四、六句必须押韵。为了声韵的谐和，作者亦有一韵到底。但是单双句的“平”“仄”音必须分清。

7. 针对戏曲来说押韵可以更简单一些，前辈们把韵辙分为十三部，俗称十三道辙。有一句有趣的顺口溜，一下子就可以记住：“俏佳人扭捏出房来，东西南北坐”分别表明了十三部韵辙：

俏——ao韵——摇条辙

佳——a韵——发花辙

人——en韵——人臣辙

扭——ou韵——由求辙

捏——ie韵——乜斜辙

出——u韵——姑苏辙

① 王力：《诗词格律》，中华书局2000年4月新1版，第1页。

② 同①，第1—2页。

房——ang韵——江阳辙

来——ai韵——怀来辙

东——ong韵——中东辙

西——i韵——衣七辙

南——an韵——言前辙

北——ei韵——灰堆辙

坐——uo韵——梭拨辙

其实，按照现行普通话标准，这十三道辙基本可以把一般诗词的“韵脚”包括进去，简单易记。要求大家在背诗词过程中，体会一下诗词的用韵规律。

（二）声调、平仄

声调四声，指的是汉语的四种声调。这是汉语（以及某些其他语言）的特点。语音的高低、升降、长短构成了汉语的声调，而高低、升降则是主要的因素。古代汉语分“平、上、去、入”，现代汉语中“入声”已经没有了。戏曲还保留了入声字，尤其在昆曲中的唱、念还很讲究。戏曲有“入声短促紧收藏”的吐字法。现代江浙、福建、广东、广西、江西等处都还保存着入声。北方也有不少地方（如山西、内蒙古）保存着一些入声。湖南的入声不是短促的了，但也保存着入声这一个调类。

普通话中把“入声”化进了平声。以普通话为例，现在的四个声调：

阴平声是一个平调，俗称一声；

阳平声是一个扬升调，俗称二声；

上声是一个转滑调，俗称三声；

去声是一个降调，俗称四声。

知道了什么是四声，平仄就好懂了。平仄是诗词格律的一个术语：平就是阴平、阳平声，仄就是上、去、入三声。戏曲唱和念对平、仄是有讲究的，戏曲前辈在《分四声法》中有一首歌诀：“平声平道莫低昂，上声高呼猛烈强。去声分明哀远道，入声短促急收藏。”讲的是发音吐字的规律，在诗词背诵中可以试着体会。

如果再加深一步体会，我们在背诵诗词中应当领会这样的规律：“平仄在诗词中是交错的。可以概括为两句话：1. 平仄在本句中是交替的；2. 平仄在对句中是对立的。这种平仄规则在律诗中表现得特别明显。

例如毛主席《长征》诗的第五、六两句：

金沙水拍云崖暖，大渡桥横铁索寒。

这两句诗的平仄是：

平平丨仄仄丨平平丨仄，仄仄丨平平丨仄仄丨平。

就本句来说，每两个字一个节奏。平起句平平后面跟着的是仄仄，仄仄后面跟着的是平平，最后一个又是仄。仄起句仄仄后面跟着的是平平，平平后面跟着的是仄仄，最后一个又是平。这就是交替。就本句来说，'金沙'对'大渡'，是平平对仄仄，'水拍'对'桥横'，是仄仄对平平，'云崖'对'铁索'，是平平对仄仄，'暖'对'寒'，是仄对平。这就是对立。"

诗词的韵辙和平仄，是诗词在音韵方面的特质。首先可以使合乎韵律的相同的声音在诗歌中形成有规律地反复，给诗歌的声音组合创造一种回环相押、抑扬顿挫的音乐美，吟唱起来也朗朗上口、悦耳动听，从而加强诗歌的表现力和感染力。其次，有了韵，就能由音响的回环而产生意义上的联想，这样，也就易诵、易记，达到声情并茂。这便使诗词产生了音韵美的审美特色。

（三）诗词节奏

和谐的音韵、声调的平仄还要通过节奏的协调，所以有人将诗词的节奏称为音节，相当于音乐中的节拍。"节奏的长短、快慢，是由诗歌语言的起伏、高低和升降等特点决定的。把平仄声调不同的字词有规律地排列起来，使他们具有间歇，显示强弱，这就是节奏。"

古典诗歌的节奏是很鲜明的，七言诗的每句一般由四个节奏组成，五言诗一般可分为三个节奏。

以七言绝句为例：《早发白帝城》李白［唐］

朝辞丨白帝丨彩云丨间，

千里丨江陵丨一日丨还。

两岸丨猿声丨啼不丨住，

轻舟丨已过丨万重丨山。

以五绝为例：《相思》王维［唐］

红豆丨生丨南国，

春来｜发｜几枝？

愿君｜多｜采撷，

此物｜最｜相思。

诗，要求节奏鲜明；词，同样讲究节奏。所不同的是，词的节奏不像诗的节奏那样整齐划一；这是因为词是长短句，句式参差不齐的缘故。

例如：《破阵子·为陈同父赋壮语以寄》辛弃疾［宋］

醉里｜挑灯｜看剑，梦回｜吹角｜连营。八百里｜分麾｜下炙，五十｜弦翻｜塞外｜声。

沙场｜秋｜点兵。马作｜的卢｜飞快，弓如｜霹雳｜弦惊。了却｜君王｜天下｜事，赢得｜生前｜身后｜名。可怜｜白发｜生。

诗词鲜明的节奏是由诗词的语言特点所决定的。诗歌的语言要求高度精练，含义隽永，悦耳动听。同时，通过诗句之间的韵律的协调和联系，可以造成整齐多变的节奏感，充分表达诗词的情感，增强表达效果。这同将来处理戏曲唱词、唱腔的断句，念白的节奏的规律是相同的。我们在这一节中讲了许多诗词音韵、平仄、节奏方面的基本常识，都是戏曲导演的必备基础和艺术修养。戏曲剧本的本质就是"剧诗体"，没有这方面的基础，就没有打开解读剧本大门的钥匙。对于新剧作来说，导演不是剧本的复述，而是再度创作；对于宋元以来的经典名著，导演要有重新解构、创作的能力；对于千百种传统剧目，导演又面临推陈出新……试想，离开导演入门时的这些基础，怎样获取能力呢？戏曲导演教学，到了二年级，就要自己动手写戏曲小品，写戏曲唱词。教学实践告诉我们，此时的基础，将决定彼时层次，如果在那时编剧基础课上再去解决"十三辙"的基础，就会丢失许多深入的学习。我们在2002、2003两个班级四出毕业大戏的创作、排演时，都遇到了学生自己动手创造、改编剧本的课题，在入学背诵诗词中把这个种子撒下去，毕业时必定有丰硕的果实。

复习题：

1. 诗词的哪些特性是戏曲唱词必须遵循的？

2. 背诵"十三辙"。

3. 选择一首七言、五言以及宋词找出节奏的规律。

第五节 多元的背诵形式——意象思维想象力初次开发

一、在诗词背诵中开发表演潜质

学生已经按照前面的要求准备好了诗词背诵，是不是就按照中学上课那样起立背诵呢？不是，在导演教学中，更重要的是舞台行动的实践训练。你对诗词立意（“志”）的体验、对情感的体验、对诗词的音韵、格律、节奏的体验，将怎样准确地表现出来？也就是用什么样的形式来背诵？这既是一个表演的命题，又是一个导演命题。

背诵，最基本的形式当然是自己当着老师和同学背诵，但并不是回答问题式的背诵。而是要走到课堂中间，与老师、同学面对面的表演式的背诵。

首先遇到的就是表演中当众孤独的命题。它将伴随提高表演素质的始终。

对于没接受过表演训练的同学，就会碰到紧张的情况，两脚不知怎样站、两手不知放哪里、两眼不知看哪里；对于学过戏曲表演的同学，真遇到自己选择的诗词，自己找背诵形式时，一种也会遇到前面的问题，另一种会用戏曲的拿腔作状的办法代替。这都不是我们的要求。

在诗词背诵中我们的要求是：

1. 消除紧张，锻炼自我放松。

这里的要求与我们在话剧表演训练中第一讲“松弛与控制”的要求是一致的，松弛是表演必须具备的心理素质。怎样在背诵诗词中做到消除紧张、保持松弛呢？

鼓励“自我”意识，从选诗词开始，就应该选择自己喜欢的、和自己情感有碰撞的、自己有欲望表现的、自己实现自己的欲望，是消除紧张的一种有效方法。

解放天性，采取游戏心态和游戏形式背诵，是释放心理压力的有效办法。

2. 坚信自己对诗词理解的真实感。

这里的要求与我们在话剧表演训练中“信念与真实感”的要求是一致的，也就是在话剧表演中的“真听、真看、真感觉”。用自己的心紧贴诗人的心、诗中的意、诗中的情，这里我们强调以体验为根本。真正的体验就能够达到注意力的稳定，注意力被稳定、被集中，是培养表演自信的有效方法。

二、开发意象思维的想象力，创造多种背诵形式

前面是从表演角度要求诗词背诵，这对于导演思维的训练还是不够的。在你对选择背诵的诗词真正理解后，需要开掘自己的另一方面的重要潜质——想象力。丰富活跃的想象力是表、导演艺术不可缺少的素质，对艺术创造来说，想象力应当是不间断的、永无枯竭的。诗词背诵中的想象是受诗人形象思维诱发和滋养起来的对生活和艺术体验后自己灵感的再度迸发。其中有什么规律呢?

1. 用想象和联想去丰富意象思维中的“留白”。

“留白”是意象创作的特色，指诗人在写诗时有意留下想象的空间，往往给诗带来了无穷的意蕴。对于背诵来说，当然不是用字词去填补原诗，但是，表演可以丰富的想象并释放诗人未尽的情感，导演可以通过丰富的想象更清晰地呈现诗词中的形象，令人获得更高的审美享受。

诗词语言的凝练和省略跟意象的组合有关。所以可以利用想象填充省略的部分。

如：贾岛的《寻隐者不遇》：

松下问童子，言师采药去。
只在此山中，云深不知处。

明明是三番问答，至少要六句才能完成对话，作者采用答话包含问话的方法，精简为二十个字。这就有如电影里蒙太奇手法，一个意象接一个意象，一个画面接一个画面，镜头之间留下大量的空白。

又如：李清照【如梦令】：

昨夜雨疏风骤。浓睡不消残酒。
试问卷帘人，却道海棠依旧。
知否。知否。
应是绿肥红瘦。

这首小令，有人物，有场景，也有问答。全词仅有七句，却勾画出立体完整的形象画面，人物的形象，场景的形象，对话的形象。然而句句都有

“留白”，处处有不尽之意，处处有不尽之情，给予人的更高的审美享受不在字面的形象，而在画外之意。

如果按照词的顺序可做这样解释：

“昨夜雨疏风骤”指的是昨宵雨狂风猛。疏，正写疏放疏狂，而非通常的稀疏义。当此芳春，名花正好，偏那风雨就来逼迫了，心绪如潮，不得入睡，只有借酒消愁。酒吃得多了，觉也睡得浓了。结果一觉醒来，天已大亮。但昨夜之心情，却已然如隔在胸，所以一起身便要询问意中悬悬之事。于是，她急问收拾房屋、启户卷帘的侍女：“海棠花怎么样了？”侍女看了一看，笑回道：“还不错，一夜风雨，海棠一点儿没变！”女主人听了，嗔叹道：“傻丫头，你可知道那海棠花丛已是红的见少，绿的见多了吗!?”

仅以这种解释来背诵这首词，便失去诗人丰富的意蕴，会显得直白浅露。如果从每句之间的“留白”处深思，就可以悟出写意的开发性思维。比如：起首两句，如仅按照生活逻辑，会感觉解释不通，既然是“浓睡不消残酒”，又何以知道“昨夜雨疏风骤”，这岂不是自相矛盾？其实所有诗词，是不能用生活中的简单事理去体会理解的，因为词人的立意实不在此，而是通过这两句词表达无限的惜花之情。

第一句可释为：花在风雨中零落。句中虽没有花字，但它来自前人“大凡惜花的诗词都言及风雨”的诗蕴（如白居易“明朝风起花应尽，夜惜衰红把火看”。冯延巳“红满枝，绿满枝，宿雨厌厌睡起迟”），第二句“浓睡不消残酒”，辞面上虽然只写了昨夜饮酒过量，翌日晨起宿酒尚未尽消，但在这个辞面的背后还潜藏着另一层意思，那就是昨夜酒醉是因为惜花。这位女词人不忍看到明朝海棠花谢，所以昨夜在海棠花下才饮了过量的酒，直到今朝尚有余醉。思索一下词人为什么要写“浓睡不消残酒”？得到的回答只能是“惜花”。一旦领悟了潜藏在“浓睡不消残酒”背后的这层“惜花”之意，那么对以下数句的理解也就“水到渠成”了。

接下去三、四两句所写，是惜花心理的必然反映。尽管饮酒致醉一夜浓睡，但清晓酒醒后所关心的第一件事仍是园中海棠。词人情知海棠不堪一夜骤风疏雨的揉损，窗外定是残红狼藉，落花满眼，却又不忍亲见，所以试着向正在卷帘的侍女问个究竟。一个“试”字的思维也是“留白”，它凝练词人的情感——贴切入微，曲折有致的表达关心花事却又害怕听到花落的消息、不忍亲见落花却又想知道究竟的矛盾心理情感。

然而，问卷帘之人，却一字不提所问何事，只于答话中透露出谜底。这里又是“留白”处理。

“却道海棠依旧。”侍女卷起窗帘，却漫不经心地答道：“海棠花还是那样。”一个“却”字以反衬的写法，用侍女对女主人委屈的心事毫无觉察，对窗外发生的变化无动于衷，更表明词人听到答话后惜花之情的迫切，这就非常自然地带出了结尾两句。

“知否？知否？应是绿肥红瘦。”这既是对侍女的反诘，也像是自言自语：“应是”，表明词人对窗外景象的推测与判断，口吻中又含蓄了对青春的惋惜，海棠虽好，风雨无情，它是不可能长开不谢的。一语之中，含有不尽的无可奈何的惜花情在，可谓语浅意深。而这一层惜花的殷殷情意，自然是“卷帘人”所不能体察也无需更多理会的。

“绿肥红瘦”一语，更是全词的精绝之笔，历来为世人所称道。“绿”代替叶，“红”代替花，是两种颜色的对比；“肥”形容雨后的叶子因水分充足而茂盛肥大，“瘦”形容雨后的花朵因不堪雨打而凋谢稀少，是两种状态的对比。本来平平常常的四个字，经词人的搭配组合，竟显得如此色彩鲜明、形象生动，这实在是语言运用上的一个创造。那“红瘦”不正表明春天的渐渐消逝，而“绿肥”象征着绿叶成荫的盛夏的即将来临吗？这种极富概括性的语言，又实在令人叹为观止。

作者以“浓睡”、“残酒”搭桥，写出了白夜至晨的时间变化和心理演变。然后一个“卷帘”，点破日曙天明。文字是凝练简洁的，词人为花而喜、为花而悲、为花而醉、为花而嗔，实则是伤春惜春，以花自喻，慨叹自己的青春易逝。都是在词的字里行间的“留白”透出的。

导演学习中的背诵要求同学们体会的这种“处处有不尽之意，处处有不尽之情，情意在画外之意”的思维，在背诵当中通过自己的理解和想象，把“留白”处用舞台行动挖掘出来。如上面两个实例，可能通过音乐的表现，可能在停顿中加入了形体造型，可能重复某些诗句，也可能运用多人问答的形式，把诗人的立意、情感深层地揭示出来。这将由同学们的丰富想象决定。

它表现了导演二度创作的意识，在这个学习阶段，便可体会到导演创作中的意象思维。可以展现字里行间深深蕴藏的想象，给予人更高的审美享受。

2. 在背诵中把舞台空间的运用融合到诗词背诵中。

舞台空间的运用是导演训练课题之一，诗词背诵时要求同学们通过诗词的意象，展开自己丰富的想象，可以"天马行空"，可以自由设立支点，但是要求和诗词、和自己的行动一定有必然联系。在学生的训练中，老师给予引导，这样不仅可以使同学们打破舞台空间的神秘感，而且可以初步体会"写意"空间的设置和使用。

如有些学生在背诵元杂剧《倩女离魂》第二折时运用了戏曲长水袖舞与圆场的结合，在舞台右前方设置高平台，背诵到【紫花儿序】的"更无多话，愿秋风驾百尺高帆，尽春光付一树铅华"时便冲向高平台，使用舞蹈造型定格，整个背诵增强了游魂的形象，最后造型定点的使用较强烈地烘托了倩女对张文举相思情感，在实践中已经接近戏剧行动组织的完成。

又如学生在背诵李煜【浪淘沙】，设置了二楼的空间、楼下的平台和柱石支点，背诵由雨声音响开始，"李煜"躺卧于平台，为雨惊醒，望窗外开始"帘外雨潺潺……"然后音乐进入，"李煜"走出门外空间，在一组舞台调度背诵出"春意阑珊。罗衾不耐五更寒。梦里不知身是客，一晌贪欢"。在"独自莫凭栏"利用了柱石支点，并反复吟诵两遍"独自莫凭栏"突出栏杆对"李煜"的刺激，后面的音乐进入高潮，"李煜"在音乐中有一段形体，然后转身走向楼上空间，在乐中呼诵"无限江山，别时容易见时难"。接着音乐戛然而止……"李煜"凭伏栏杆，诵出"流水落花春去也，天上人间"的最后两句。

可以说背诵诗词这个课题开发了学生感受"写意"空间的设置和舞台调度的创作思维。为后面"诗词意境小品"教学打下了基础。

复习题：

选择一首你有感触的诗或词，开发一种背诵形式。

附：上海戏剧学院戏曲学院导演专业背诵诗、词、文集选

1. 关雎

年代：先秦

作者：诗经

关关雎鸠，在河之洲。窈窕淑女，君子好逑。参差荇菜，左右流之。

窈窕淑女，寤寐求之。求之不得，寤寐思服。悠哉悠哉，辗转反侧。

参差荇菜，左右采之。窈窕淑女，琴瑟友之。参差荇菜，左右芼之。

窈窕淑女，钟鼓乐之。

2. 蒹葭

年代：先秦

作者：诗经

蒹葭苍苍，白露为霜。所谓伊人，在水一方。溯洄从之，道阻且长；溯游从之，宛在水中央。

蒹葭萋萋，白露未晞。所谓伊人，在水之湄。溯洄从之，道阻且跻；溯游从之，宛在水中坻。

蒹葭采采，白露未已，所谓伊人，在水之涘。溯洄从之，道阻且右；溯游从之，宛在水中沚。

3. 十五从军征

年代：汉

作者：两汉乐府

十五从军征，八十始得归。道逢乡里人："家中有阿谁?""遥看是君家，松柏冢累累。"

兔从狗窦入，雉从梁上飞，中庭生旅谷，井上生旅葵。舂谷持作饭，采葵持作羹。

羹饭一时熟，不知贻阿谁！出门东向看，泪落沾我衣。

4. 短歌行

年代：魏晋

作者：曹操

对酒当歌，人生几何？譬如朝露，去日苦多。慨当以慷，忧思难忘。何以解忧，惟有杜康。青青子衿，悠悠我心。但为君故，沉吟至今。呦呦鹿鸣，食野之苹。我有嘉宾，鼓瑟吹笙。明明如月，何时可掇？忧从中来，不可断绝。越陌度阡，枉用相存。契阔谈宴，心念旧恩。月明星稀，乌鹊南飞。绕树三匝，何枝可依？山不厌高，水不厌深。周公吐哺，天下归心。

5. 观沧海

年代：魏晋

作者：曹操

东临碣石，以观沧海。水何澹澹，山岛竦峙。树木丛生，百草丰茂。秋风萧瑟，洪波涌起。日月之行，若出其中。星汉灿烂，若出其里。幸甚至哉，歌以咏志。

6. 龟虽寿

年代：魏晋

作者：曹操

神龟虽寿，犹有竟时。腾蛇乘雾，终为土灰。老骥伏枥，志在千里；烈士暮年，壮心不已。盈缩之期，不但在天；养怡之福，可得永年。幸甚至哉，歌以咏志。

7. 送应氏

年代：魏晋

作者：曹植

步登北邙阪，遥望洛阳山。洛阳何寂寞，宫室尽烧焚。垣墙皆顿擗，荆棘上参天。

不见旧耆老，但睹新少年。侧足无行径，荒畴不复田。游子久不归，不识陌与阡。

中野何萧条，千里无人烟。念我平常居，气结不能言。

8. 野田黄雀行

年代：魏晋

作者：曹植

高树多悲风，海水扬其波。利剑不在掌，结友何须多？不见篱间雀，见鹞自投罗。

罗家得雀喜，少年见雀悲。拔剑捎罗网，黄雀得飞飞。飞飞摩苍天，来下谢少年。

9. 归园田居

年代：魏晋

作者：陶渊明

少无适俗韵，性本爱丘山。误落尘网中，一去三十年。羁鸟恋旧林，池鱼思故渊。

开荒南野际，守拙归田园。方宅十余亩，草屋八九间。榆柳荫后檐，桃李罗堂前。

暧暧远人村，依依墟里烟。狗吠深巷中，鸡鸣桑树颠。户庭无尘杂，虚室有余闲。

久在樊笼里，复得返自然。

10. 木兰诗

年代：南北朝

作者：北朝民歌

唧唧复唧唧，木兰当户织。不闻机杼声，惟闻女叹息。问女“何所思”，问女“何所忆”。“女亦无所思，女亦无所忆。昨夜见军帖，可汗大点兵，军书十二卷，卷卷有爷名。阿爷无大儿，木兰无长兄，愿为市鞍马，从此替爷征。”

东市买骏马，西市买鞍鞯，南市买辔头，北市买长鞭。旦辞爷娘去，暮宿黄河边；不闻爷娘唤女声，但闻黄河流水鸣溅溅。旦辞黄河去，暮至黑山头；不闻爷娘唤女声，但闻燕山胡骑鸣啾啾。

万里赴戎机，关山度若飞。朔气传金柝，寒光照铁衣。将军百战死，壮士十年归。归来见天子；天子坐明堂。策勋十二转，赏赐百千强。

可汗问所欲，“木兰不用尚书郎。愿借明驼千里足，送儿还故乡。”

爷娘闻女来，出郭相扶将；

阿姊闻妹来，当户理红妆；小弟闻姊来，磨刀霍霍向猪羊。开我东阁门，坐我西阁床。脱我战时袍，著我旧时裳；当窗理云鬓，对镜帖花黄。出门看火伴，火伴皆惊惶：“同行十二年，不知木兰是女郎!”

雄兔脚扑朔，雌兔眼迷离。两兔傍地走，安能辨我是雄雌?

11. 石壁精舍还湖中作

年代：南北朝

作者：谢灵运

昏旦变气候，山水含清晖。清晖能娱人，游子憺忘归。出谷日尚早，入舟阳已微。

林壑敛暝色，云霞收夕霏。芰荷迭映蔚，蒲稗相因依。披拂趋南径，愉悦偃东扉。

虑澹物自轻，意惬理无违。寄言摄生客，试用此道推。

12. 燕歌行

年代：唐五代

作者：高适

汉家烟尘在东北，汉将辞家破残贼。男儿本自重横行，天子非常赐颜色。
摐金伐鼓下榆关，旌旆逶迤碣石间。校尉羽书飞瀚海，单于猎火照狼山。
山川萧条极边土，胡骑凭陵杂风雨。战士军前半死生，美人帐下犹歌舞！
大漠穷秋塞草腓，孤城落日斗兵稀。身当恩遇恒轻敌，力尽关山未解围。
铁衣远戍辛勤久，玉箸应啼别离后。少妇城南欲断肠，征人蓟北空回首。
边风飘飖那可度，绝域苍茫更何有！杀气三时作阵云，寒声一夜传刁斗。
相看白刃血纷纷，死节从来岂顾勋？君不见沙场征战苦，至今犹忆李将军。

13. 走马川行奉送封大夫出师西征

年代：唐五代

作者：岑参

君不见走马川雪海边，平沙莽莽黄入天。
轮台九月风夜吼，一川碎石大如斗，随风满地石乱走。
匈奴草黄马正肥，金山西见烟尘飞，汉家大将西出师。
将军金甲夜不脱，半夜军行戈相拨，风头如刀面如割。
马毛带雪汗气蒸，五花连钱旋作冰，幕中草檄砚水凝。
虏骑闻之应胆慑，料知短兵不敢接，车师西门伫献捷。

14. 蜀道难

年代：唐

作者：李白

噫吁嚱！危乎高哉！蜀道之难，难于上青天。蚕丛及鱼凫，开国何茫然。

尔来四万八千岁，不与秦塞通人烟。西当太白有鸟道，可以横绝峨眉巅。

地崩山摧壮士死，然后天梯石栈相钩连。上有六龙回日之高标，下有冲波逆折之回川。

黄鹤之飞尚不得过，猿猱欲度愁攀援。青泥何盘盘，百步九折萦岩峦。

扪参历井仰胁息，以手抚膺坐长叹。问君西游何时还？畏途巉岩不可攀。

但见悲鸟号枯木，雄飞雌从绕林间。又闻子规啼夜月，愁空山。

蜀道之难，难于上青天，使人听此凋朱颜。连峰去天不盈尺，枯松倒挂倚绝壁。

飞湍瀑流争喧豗，砯崖转石万壑雷。其险也如此，嗟尔远道之人，胡为乎来哉！

剑阁峥嵘而崔嵬，一夫当关，万夫莫开。所守或匪亲，化为狼与豺。

朝避猛虎，夕避长蛇，磨牙吮血，杀人如麻。锦城虽云乐，不如早还家。

蜀道之难，难于上青天。侧身西望长咨嗟！

15. 梦游天姥吟留别

年代：唐

作者：李白

海客谈瀛洲，烟涛微茫信难求。越人语天姥，云霓明灭或可睹。

天姥连天向天横，势拔五岳掩赤城。天台四万八千丈，对此欲倒东南倾。

我欲因之梦吴越，一夜飞度镜湖月。湖月照我影，送我至剡溪。

谢公宿处今尚在，渌水荡漾清猿啼。脚着谢公屐，身登青云梯。半壁见海日，空中闻天鸡。千岩万转路不定，迷花倚石忽已暝。熊咆龙吟殷岩泉，慄深林兮惊层巅。

云青青兮欲雨，水澹澹兮生烟。列缺霹雳，丘峦崩摧。洞天石扉，訇然中开。

青冥浩荡不见底，日月照耀金银台。霓为衣兮风为马，云之君兮纷纷而来下。

虎鼓瑟兮鸾回车，仙之人兮列如麻。忽魂悸以魄动，恍惊起而长嗟。

惟觉时之枕席，失向来之烟霞。世间行乐亦如此，古来万事东流水。

别君去兮何时还，且放白鹿青崖间，须行即骑访名山。

安能摧眉折腰事权贵，使我不得开心颜！

16. 将进酒

年代：唐

作者：李白

君不见黄河之水天上来，奔流到海不复回。君不见高堂明镜悲白发，朝如青丝暮成雪。

人生得意须尽欢，莫使金樽空对月。天生我材必有用，千金散尽还复来。

烹羊宰牛且为乐，会须一饮三百杯。岑夫子，丹丘生，将进酒，杯莫停。

与君歌一曲，请君为我侧耳听。钟鼓馔玉不足贵，但愿长醉不复醒。

古来圣贤皆寂寞，惟有饮者留其名。陈王昔时宴平乐，斗酒十千恣欢谑。

主人何为言少钱，径须沽取对君酌。五花马，千金裘，呼儿将出换美酒，与尔同销万古愁。

17. 卖炭翁

年代：唐

作者：白居易

卖炭翁，伐薪烧炭南山中。

满面尘灰烟火色，两鬓苍苍十指黑。卖炭得钱何所营？身上衣裳口中食。

可怜身上衣正单，心忧炭贱愿天寒！夜来城上一尺雪，晓驾炭车辗冰辙。

牛困人饥日已高，市南门外泥中歇。翩翩两骑来是谁？黄衣使者白衫儿。
手把文书口称敕，回车叱牛牵向北。一车炭，千馀斤，宫使驱将惜不得。
半匹红纱一丈绫，系向牛头充炭直。

18. 长恨歌

年代：唐

作者：白居易

汉皇重色思倾国，御宇多年求不得。杨家有女初长成，养在深闺人未识。
天生丽质难自弃，一朝选在君王侧。回眸一笑百媚生，六宫粉黛无颜色。
春寒赐浴华清池，温泉水滑洗凝脂。侍儿扶起娇无力，始是新承恩泽时。
云鬓花颜金步摇，芙蓉帐暖度春宵。春宵苦短日高起，从此君王不早朝。
承欢侍宴无闲暇，春从春游夜专夜。后宫佳丽三千人，三千宠爱在一身。
金屋妆成娇侍夜，玉楼宴罢醉和春。姊妹弟兄皆列土，可怜光彩生门户。
遂令天下父母心，不重生男重生女。
骊宫高处入青云，仙乐风飘处处闻。缓歌慢舞凝丝竹，尽日君王看不足。
渔阳鼙鼓动地来，惊破霓裳羽衣曲。九重城阙烟尘生，千乘万骑西南行。
翠华摇摇行复止，西出都门百余里。六军不发无奈何，宛转蛾眉马前死。
花钿委地无人收，翠翘金雀玉搔头。君王掩面救不得，回看血泪相和流。
黄埃散漫风萧索，云栈萦纡登剑阁。峨嵋山下少人行，旌旗无光日色薄。
蜀江水碧蜀山青，圣主朝朝暮暮情。行宫见月伤心色，夜雨闻铃肠断声。
天旋地转回龙驭，到此踌躇不能去。马嵬坡下泥土中，不见玉颜空死处。
君臣相顾尽沾衣，东望都门信马归。归来池苑皆依旧，太液芙蓉未央柳。
芙蓉如面柳如眉，对此如何不泪垂。春风桃李花开日，秋雨梧桐叶落时。
西宫南内多秋草，落叶满阶红不扫。梨园弟子白发新，椒房阿监青娥老。
夕殿萤飞思悄然，孤灯挑尽未成眠。迟迟钟鼓初长夜，耿耿星河欲曙天。
鸳鸯瓦冷霜华重，翡翠衾寒谁与共。悠悠生死别经年，魂魄不曾来入梦。
临邛道士鸿都客，能以精诚致魂魄。为感君王展转思，遂教方士殷勤觅。
排空驭气奔如电，升天入地求之遍。上穷碧落下黄泉，两处茫茫皆不见。

忽闻海上有仙山，山在虚无缥渺间。楼阁玲珑五云起，其中绰约多仙子。
中有一人字太真，雪肤花貌参差是。金阙西厢叩玉扃，转教小玉报双成。
闻到汉家天子使，九华帐里梦魂惊。揽衣推枕起徘回，珠箔银屏迤逦开。
云髻半偏新睡觉，花冠不整下堂来。风吹仙袂飘飘举，犹似霓裳羽衣舞。
玉容寂寞泪阑干，梨花一枝春带雨。
含情凝睇谢君王，一别音容两渺茫。昭阳殿里恩爱绝，蓬莱宫中日月长。
回头下望人寰处，不见长安见尘雾。唯将旧物表深情，钿合金钗寄将去。
钗留一股合一扇，钗擘黄金合分钿。但教心似金钿坚，天上人间会相见。
临别殷勤重寄词，词中有誓两心知。七月七日长生殿，夜半无人私语时。
在天愿作比翼鸟，在地愿为连理枝。天长地久有时尽，此恨绵绵无绝期。

19. 琵琶行

年代：唐

作者：白居易

浔阳江头夜送客，枫叶荻花秋瑟瑟。主人下马客在船，举酒欲饮无管弦。
醉不成欢惨将别，别时茫茫江浸月。忽闻水上琵琶声，主人忘归客不发。
寻声暗问弹者谁，琵琶声停欲语迟。移船相近邀相见，添酒回灯重开宴。
千呼万唤始出来，犹抱琵琶半遮面。转轴拨弦三两声，未成曲调先有情。
弦弦掩抑声声思，似诉平生不得志。低眉信手续续弹，说尽心中无限事。
轻拢慢撚抹复挑，初为《霓裳》后《六幺》。大弦嘈嘈如急雨，小弦切切如私语。
嘈嘈切切错杂弹，大珠小珠落玉盘。间关莺语花底滑，幽咽泉流冰下难。
冰泉冷涩弦凝绝，凝绝不通声渐歇。别有幽愁暗恨生，此时无声胜有声。
银瓶乍破水浆迸，铁骑突出刀枪鸣。曲终收拨当心画，四弦一声如裂帛。
东船西舫悄无言，唯见江心秋月白。
沉吟放拨插弦中，整顿衣裳起敛容。自言本是京城女，家在虾蟆陵下住。
十三学得琵琶成，名属教坊第一部。曲罢曾教善才伏，妆成每被秋娘妒。
五陵年少争缠头，一曲红绡不知数。钿头云篦击节碎，血色罗裙翻酒污。

今年欢笑复明年，秋月春风等闲度。弟走从军阿姨死，暮去朝来颜色故。
门前冷落车马稀，老大嫁作商人妇。商人重利轻别离，前月浮梁买茶去。
去来江口守空船，绕船月明江水寒。夜深忽梦少年事，梦啼妆泪红阑干。
我闻琵琶已叹息，又闻此语重唧唧。同是天涯沦落人，相逢何必曾相识！
我从去年辞帝京，谪居卧病浔阳城。浔阳地僻无音乐，终岁不闻丝竹声。
住近湓江地低湿，黄芦苦竹绕宅生。其间旦暮闻何物，杜鹃啼血猿哀鸣。
春江花朝秋月夜，往往取酒还独倾。岂无山歌与村笛，呕哑嘲哳难为听。
今夜闻君琵琶语，如听仙乐耳暂明。莫辞更坐弹一曲，为君翻作琵琶行。
感我此言良久立，却坐促弦弦转急。凄凄不似向前声，满座重闻皆掩泣。
座中泣下谁最多？江州司马青衫湿。

20. 上阳白发人

年代：唐

作者：白居易

上阳人，红颜暗老白发新。
绿衣监使守宫门，一闭上阳多少春。玄宗末岁初选入，入时十六今六十。
同时采择百余人，零落年深残此身。忆昔吞悲别亲族，扶入车中不教哭。
皆云入内便承恩，脸似芙蓉胸似玉。未容君王得见面，已被杨妃遥侧目。
妒令潜配上阳宫，一生遂向空房宿。宿空房，秋夜长，夜长无寐天不明；
耿耿残灯背壁影，萧萧暗雨打窗声。春日迟，日迟独坐天难暮；
宫莺百啭愁厌闻，梁燕双栖老休妒。莺归燕去长悄然，春往秋来不记年。
唯向深宫望明月，东西四五百回圆。今日宫中年最老，大家遥赐尚书号。
小头鞋履窄衣裳，青黛点眉眉细长。外人不见见应笑，天宝末年时世妆。
上阳人，苦最多。
少亦苦，老亦苦，少苦老苦两如何？君不见昔时吕向《美人赋》，又不见今日上阳白发歌！

21. 新安吏

年代：唐

作者：杜甫

客行新安道，喧呼闻点兵。借问新安吏："县小更无丁？""府帖昨夜下，次选中男行。"

"中男绝短小，何以守王城？"肥男有母送，瘦男独伶俜。白水暮东流，青山犹哭声。

"莫自使眼枯，收汝泪纵横。眼枯即见骨，天地终无情！我军取相州，日夕望其平。

岂意贼难料，归军星散营。就粮近故垒，练卒依旧京。掘壕不到水，牧马役亦轻。

况乃王师顺，抚养甚分明。送行勿泣血，仆射如父兄。"

22. 潼关吏

年代：唐

作者：杜甫

士卒何草草，筑城潼关道。大城铁不如，小城万丈余。

借问潼关吏："修关还备胡？"

要我下马行，为我指山隅："连云列战格，飞鸟不能逾。

胡来但自守，岂复忧西都。

丈人视要处，窄狭容单车。

艰难奋长戟，万古用一夫。"

"哀哉桃林战，百万化为鱼。

请嘱防关将，慎勿学哥舒！"

23. 石壕吏

年代：唐

作者：杜甫

暮投石壕村，有吏夜捉人。老翁逾墙走，老妇出门看。吏呼一何怒！妇啼一何苦！

听妇前致词："三男邺城戍。一男附书至，二男新战死。存者且偷生，死者长已矣！室中更无人，惟有乳下孙。有孙母未去，出入无完裙。老妪力虽衰，请从吏夜归。急应河阳役，犹得备晨炊。"夜久语声绝，如闻泣幽咽。天明登前途，独与老翁别。

24. 梦李白二首之一

年代：唐

作者：杜甫

死别已吞声，生别常恻恻。江南瘴疠地，逐客无消息。故人入我梦，明我长相忆。

君今在罗网，何以有羽翼？恐非平生魂，路远不可测。魂来枫林青，魂返关塞黑。

落月满屋梁，犹疑照颜色。水深波浪阔，无使蛟龙得！

25. 梦李白二首之二

年代：唐

作者：杜甫

浮云终日行，游子久不至。三夜频梦君，情亲见君意。告归常局促，苦道来不易。

江湖多风波，舟楫恐失坠。出门搔白首，若负平生志。冠盖满京华，斯人独憔悴！

孰云网恢恢？将老身反累！千秋万岁名，寂寞身后事。

26. 秋日登洪府滕王阁饯别序

年代：唐

作者：王勃

豫章故郡，洪都新府。星分翼轸，地接衡庐。襟三江而带五湖，控蛮荆而引瓯越。物华天宝，龙光射斗牛之墟；人杰地灵，徐孺下陈蕃之榻。雄州雾列，俊采星驰。台隍枕夷夏之交，宾主尽东南之美。都督阎公之雅望，棨戟遥临；宇文新州之懿范，襜帷暂驻。十旬休假，胜友如云；千里逢迎，高朋满座。腾蛟起凤，孟学士之词宗；紫电青霜，王将军之武库。家君作宰，路出名区；童子何知，躬逢胜饯。

时维九月，序属三秋。潦水尽而寒潭清，烟光凝而暮山紫。俨骖騑于上路，访风景于崇阿。临帝子之长洲，得仙人之旧馆。层峦耸翠，上出重霄；飞阁流丹，下临无地。鹤汀凫渚，穷岛屿之萦回；桂殿兰宫，即冈峦之体势。披绣闼，俯雕甍。山原旷其盈视，川泽纡其骇瞩。闾阎扑地，钟鸣鼎食之家；舸舰迷津，青雀黄龙之轴。虹销雨霁，彩彻区明。落霞与孤鹜齐飞，秋水共长天一色。渔舟唱晚，响穷彭蠡之滨，雁阵惊寒，声断衡阳之浦。

遥襟甫畅，逸兴遄飞。爽籁发而清风生，纤歌凝而白云遏。睢园绿竹，气凌彭泽之樽；邺水朱华，光照临川之笔。四美具，二难并。穷睇眄于中天，极娱游于暇日。天高地迥，觉宇宙之无穷；兴尽悲来，识盈虚之有数。望长安于日下，指吴会于云间。地势极而南溟深，天柱高而北辰远。关山难越，谁悲失路之人？萍水相逢，尽是他乡之客！怀帝阍而不见，奉宣室以何年？嗟乎！时运不济，命途多舛。冯唐易老，李广难封。屈贾谊于长沙，非无圣主；窜梁鸿于海曲，岂乏明时。所赖君子见机，达人知命。老当益壮，宁移白首之心；穷且益坚，不坠青云之志。酌贪泉而觉爽，处涸辙而相欢。北海虽赊，扶摇可接；东隅已逝，桑榆非晚。孟尝高洁，空余报国之情；阮籍猖狂，岂效穷途之哭！

勃，三尺微命，一介书生。无路请缨，等终军之弱冠；有怀投笔，爱宗悫之长风。舍簪笏于百龄，奉晨昏于万里。非谢家之宝树，接孟氏之芳邻。他日趋庭，叨陪鲤对；今兹捧袂，喜托龙门。杨意不逢，抚凌云而自惜；钟期既遇，奏流水以何惭。呜呼！胜地不常，盛筵难再。兰亭已矣，梓泽邱墟。临别赠言，幸承恩于伟饯；登高作赋，是所望于群公。敢竭鄙诚，恭疏短引。一言均赋，四韵俱成。请洒潘江，各倾陆海云尔。

27. 师说

年代：唐

作者：韩愈

古之学者必有师。师者，所以传道、受业、解惑也。人非生而知之者，孰能无惑？惑而不从师，其为惑也终不解矣。生乎吾前，其闻道也固先乎吾，吾从而师之；生乎吾后，其闻道也亦先乎吾，吾从而师之。吾师道也，夫庸知其年之先后生于吾乎！是故无贵无贱，无长无少，道之所存，师之所存也。

嗟乎！师道之不传也久矣！欲人之无惑也难矣！古之圣人，其出人也远矣，犹且从师而问焉；今之众人，其下圣人也亦远矣，而耻学于师。是故圣益圣，愚益愚；圣人之所以为圣，愚人之所以为愚，其皆出于此乎！爱其子，择师而教之，于其身也，则耻师焉，惑焉！彼童子之师，授之书而习其句读者也，非吾所谓传其道解其惑者也。句读之不知，惑之不解，或师焉，或不焉，小学而大遗，吾未见其明也。巫医、乐师、百工之人，不耻相师；士大夫之族，曰师曰弟子云者，则群聚而笑之。问之，则曰："彼与彼年相若也，道相似也。位卑则足羞，官盛则近谀。"呜呼！师道之不复可知矣！巫医、乐师、百工之人，吾子不齿。今其智乃反不能及，其可怪也欤！

圣人无常师，孔子师郯子、苌弘、师襄、老聃。郯子之徒，其贤不及孔子。孔子曰："三人行，则必有我师。"是故弟子不必不如师，师不必贤于弟子。闻道有先后，术业有专攻，如是而已。

李氏子蟠，年十七，好古文、六艺经传，皆通习之，不拘于时，学于余。余嘉其能行古道，作《师说》以贻之。

28. 浪淘沙

年代：唐五代

作者：李煜

帘外雨潺潺，春意阑珊。罗衾不耐五更寒。梦里不知身是客，一晌贪欢。

独自莫凭栏，无限江山，别时容易见时难。流水落花春去也，天上人间。

29. 虞美人

年代：唐五代

作者：李煜

春花秋月何时了？往事知多少！小楼昨夜又东风，故国不堪回首月明中。

雕栏玉砌应犹在，只是朱颜改。问君能有几多愁？恰似一江春水向东流！

30. 满江红

年代：南宋

作者：岳飞

怒发冲冠，凭栏处、潇潇雨歇。抬望眼，仰天长啸，壮怀激烈。

三十功名尘与土，八千里路云和月。莫等闲、白了少年头，空悲切。

靖康耻，犹未雪。臣子恨，何时灭。驾长车踏破，贺兰山缺。

壮志饥餐胡虏肉，笑谈渴饮匈奴血。待从头、收拾旧山河，朝天阙。

31. 小重山

年代：南宋

作者：岳飞

昨夜寒蛩不住鸣。惊回千里梦，已三更。起来独自绕阶行。人悄悄，帘外月笼明。

白首为功名。旧山松竹老，阻归程。欲将心事付瑶琴。知音少，弦断有谁听？

32. 声声慢

年代：宋

作者：李清照

寻寻觅觅，冷冷清清，凄凄惨惨戚戚。乍暖还寒时候，最难将息。

三杯两盏淡酒，怎敌他、晚来风急。雁过也，正伤心，却是旧时相识。

满地黄花堆积。憔悴损，如今有谁堪摘。守着窗儿，独自怎生得黑。

梧桐更兼细雨，到黄昏，点点滴滴。这次第，怎一个、愁字了得。

33. 醉花阴

年代：宋

作者：李清照

薄雾浓云愁永昼。瑞脑消金兽。佳节又重阳，玉枕纱厨，半夜凉初透。

东篱把酒黄昏后。有暗香盈袖，莫道不消魂，帘卷西风，人比黄花瘦。

34. 江城子

年代：北宋

作者：苏轼

十年生死两茫茫。不思量。自难忘。千里孤坟，无处话凄凉。

纵使相逢应不识，尘满面，鬓如霜。

夜来幽梦忽还乡。小轩窗。正梳妆。相顾无言，惟有泪千行。

料得年年断肠处，明月夜，短松冈。

35. 水调歌头

年代：北宋

作者：苏轼

明月几时有，把酒问青天。不知天上宫阙，今夕是何年。
我欲乘风归去，又恐琼楼玉宇，高处不胜寒。起舞弄清影，何似在人间。
转朱阁，低绮户，照无眠。不应有恨，何事常向别时圆。
人有悲欢离合，月有阴晴圆缺，此事古难全。但愿人长久，千里共婵娟。

36. 江城子

年代：北宋

作者：苏轼

老夫聊发少年狂。左牵黄，右擎苍。锦帽貂裘，千骑卷平冈。
为欲报倾城随太守，亲射虎，看孙郎。
酒酣胸胆尚开张。鬓微霜，又何妨。持节云中，何日遣冯唐。
会挽雕弓如满月，西北望，射天狼。

37. 念奴娇

年代：北宋

作者：苏轼

大江东去，浪淘尽，千古风流人物。故垒西边，人道是，三国周郎赤壁。
乱石穿空，惊涛拍岸，卷起千堆雪。江山如画，一时多少豪杰。

遥想公瑾当年，小乔初嫁了，雄姿英发。羽扇纶巾，谈笑间，强虏灰飞烟灭。

故国神游，多情应笑我，早生华发。人间如梦，一樽还酹江月。

38. 钗头凤

年代：宋

作者：陆游

红酥手。黄縢酒。满城春色宫墙柳。东风恶。欢情薄。一怀愁绪，几年离索。错错错。

春如旧。人空瘦。泪痕红浥鲛绡透。桃花落。闲池阁。山盟虽在，锦书难托。莫莫莫。

39. 正气歌

年代：宋

作者：文天祥

天地有正气，杂然赋流形。
下则为河岳，上则为日星。
于人曰浩然，沛乎塞苍冥。
皇路当清夷，含和吐明庭。
时穷节乃见，一一垂丹青。
在齐太史简，在晋董狐笔，
在秦张良椎，在汉苏武节。
为严将军头，为嵇侍中血，
为张睢阳齿，为颜常山舌。
或为辽东帽，情操厉冰雪，
或为《出师表》，鬼神泣壮烈。
或为渡江楫，慷慨吞胡羯，

或为击贼笏，逆竖头破裂。
是气所旁薄，凛然万古存。
当其贯日月，死生安足论。
地维赖以立，天柱赖以尊。
三纲实系命，道义为之根。
嗟余遘阳九，隶也实不力。
楚囚缨其冠，传车送穷北。
鼎镬甘如饴，求之不可得。
阴房阒鬼火，春院閟天黑。
牛骥同一皂，鸡栖凤凰食。
一朝蒙雾露，分作沟中瘠。
如此再寒暑，百沴自辟易。
哀哉沮洳场，为我安乐国。
岂有他缪巧，阴阳不能贼。
顾此耿耿存，仰视浮云白。
悠悠我心悲，苍天曷有极？
哲人日已远，典刑在夙昔。
风檐展书读，古道照颜色。

40.《西厢记》选段：

年代：元代

作者：王实甫

【正宫】【端正好】碧云天，黄花地，西风紧，北雁南飞。晓来谁染霜林醉？总是离人泪。　【滚绣球】恨相见得迟，怨归去得疾。柳丝长，玉骢难系，恨不得请疏林挂住斜晖。马儿迍迍的行，车儿快快的随，却告了相思回避，破题儿又早别离。听得道一声“去也”，松了金钏；遥望见十里长亭，减了玉肌。此恨谁知！

41.《窦娥冤》选段：

年代：元代

作者：关汉卿

【滚绣球】有日月朝暮悬，有鬼神掌着生死权。天地也，只合把清浊分辨，可怎生糊突了盗跖颜渊：为善的受贫穷更命短，造恶的享富贵又寿延。天地也，做得个怕硬欺软，却元来也这般顺水推船。地也，你不分好歹何为地？天也，你错勘贤愚枉做天！哎，只落得两泪涟涟。

42.《牡丹亭·惊梦》选段：

年代：明代

作者：汤显祖

【步步娇】袅晴丝吹来闲庭院，摇漾春如线。停半晌整花钿，没揣菱花，偷人半面，迤逗的彩云偏。步香闺艳怎便把全身现？【醉扶归】你道翠生生出落的裙衫儿茜，艳晶晶花簪八宝填。可知我常一生儿爱好是天然，恰三春好处无人见。不提防沉鱼落雁鸟惊喧，则怕的羞花闭月花愁颤。【皂罗袍】原来姹紫嫣红开遍，似这般都付与断井颓垣。良辰美景奈何天，赏心乐事谁家院。朝飞暮卷，云霞翠轩。雨丝风片，烟波画船——锦屏人忒看的这韶光贱。

43. 再别康桥

年代：现当代

作者：徐志摩

轻轻的我走了，正如我轻轻的来；我轻轻的招手，作别西天的云彩。

那河畔的金柳，是夕阳中的新娘；波光里的艳影，在我的心头荡漾。

软泥上的青荇，油油的在水底招摇；在康河的柔波里，我甘心做一条水草！

那榆荫下的一潭，不是清泉，是天上虹，揉碎在浮藻间，沉淀着彩虹似的梦。

寻梦？撑一支长篙，向青草更青处漫溯，满载一船星辉，在星辉斑斓里放歌。

但我不能放歌，悄悄是别离的笙箫；夏虫也为我沉默，沉默是今晚的康桥！

悄悄的我走了，正如我悄悄的来；我挥一挥衣袖，不带走一片云彩。

44. 雪花的快乐

年代：现当代

作者：徐志摩

假如我是一朵雪花，
翩翩的在半空里潇洒，
我一定认清我的方向——
飞扬，飞扬，飞扬，——
这地面上有我的方向。
不去那冷寞的幽谷，
不去那凄清的山麓，
也不上荒街去惆怅——
飞扬，飞扬，飞扬，——
你看，我有我的方向！

在半空里娟娟的飞舞，
认明了那清幽的住处，
等着她来花园里探望——
飞扬，飞扬，飞扬，——
啊，她身上有朱砂梅的清香！

那时我凭借我的身轻，
盈盈的，沾住了她的衣襟，
贴近她柔波似的心胸——
消溶，消溶，消溶——
溶入了她柔波似的心胸！

45. 沁园春·雪

年代：现当代

作者：毛泽东

北国风光，千里冰封，万里雪飘。望长城内外，惟余莽莽；大河上下，顿失滔滔。

山舞银蛇，原驰蜡象，欲与天公试比高。须晴日，看红装素裹，分外妖娆。

江山如此多娇，引无数英雄竞折腰。惜秦皇汉武，略输文采；唐宗宋祖，稍逊风骚。

一代天骄，成吉思汗，只识弯弓射大雕。俱往矣，数风流人物，还看今朝。

第二章　诗词意境小品

第一节　选诗词、讲诗词

一、诗词意境小品创作的启动

在入学的开始，我们讲述了第一章的内容，要求同学们完成延续10周的背诵诗词作业，在背诵中虽然大家对诗词的创作思维有一个潜移默化的感受，但是这个感悟仍是初步的，“背诵诗词”非常清楚地把教学目的锁定在“背诵”上。

本章不同了，目的要以诗词作为文本创作出小品来，要以舞台形象、人物、行动、调度、音乐、画面组织出可以表达诗词意境的、表达诗词立意和情感的、表达自己立意和情感的作品来，比较“背诵”而言，它不是以模仿为主的，而是全方位立体式的创作思维和能力的实践训练。

明确了目的，就会感到我们在这一节要求的选诗词、讲诗词的必要性。

(一) 选诗词前“读”的要求：

选诗词必须进一步从广泛阅读开始，即打开古今中外博览的大门，由学生自己选择。由于“读”的目的是“选”，所以读时不可能泛泛，必须要求去深入理解和感受。要注意领会诗词的特性。如心象性、抒情性、精炼性、陈述铺叙、情景相生、比体比喻、直述夸张、境界余韵……等等，还要不断体会诗和戏曲相通之处。

（二）选诗词的要求：

从自己对生活的感受出发——“选”是选为小品创作所用的，所以必须强调的是自己对生活的感受。每个人每天在生活，任何人对生活都会有自己的感受，有些同学还有很多思索，在读诗词的过程中，那些能够和自己对生活感受或思索产生碰撞的，就可能成为被选中的诗词。在反复读和不断的碰撞中，在生活和诗中间可能会有一种独特感受，诗词的精神可能使你升华了对生活的认识……人在生活中的感受不是单一的，在读诗词的过程中，会发现很多诗词都可能和自己有所共鸣，有些诗词甚至让自己很激动，有一种按捺不住地要把它搬上舞台的创作欲望。这些诗词就是小品创作的候选诗词，选诗词的标准是自我确立的。

（三）讲诗词的要求：

1. 讲解诗词的内容、风格、特性、特点。

2. 讲解诗人、诗人的生活、诗的历史时代。

3. 自己选中这首诗的原因——即和自己对生活感悟、思索的碰撞点。

4. 回课讲解诗词的准备量：五首以上。

5. 讲述诗词在自己头脑产生的意境形象、人物形象。

讲诗词对导演专业教学来说除了增强对诗词和生活的理解力，锻炼表述力，积累文化与生活的底蕴外，导演的二度创作特质也在其中显现出来，“讲”是在诗词制约下对生活的挖掘和联想、对舞台形象的语言塑造，带有鲜明的导演训练性质，是二度创作在导演基础课的非常有意义的训练。一名同学不经过几十首诗词的阅读，是无法达到诗词讲述的，一组同学汇集一起，就要汇集百首以上诗词的研讨，因为目的是为了创作小品，诗词就化为一个个具象的舞台形象组，有意境、有人物，形成了一个难得的文化艺术、舞台形象创作积累的磁场，为戏曲导演教学确立了一个高起点。

二、古体诗词的类别

为了对读、选、讲诗词的指导，下面对诗词的分类和特点做一些讲述。

古今中外的诗词，数以万计。当然要懂得分类。一般说来诗词分为抒情诗和叙事诗两大类。这比较好理解。从专业的角度，还要对诗词的类别做一点细致的分析。下面是对古体诗词从不同体裁角度划分的简述：

（一）歌谣体

这一类诗歌主要指的是民间歌谣，也就是民歌歌谣。在我国古代诗词中体现歌谣体的是先秦时代的《诗经》，后来沿袭歌谣体不失以下几方面的特点：

1. 爱憎分明，直抒性突出；

2. 感情质朴健康，格调刚健清新；

3. 采用比、兴手法，想象丰富新奇；

4. 形式灵活多样，语言新颖通俗；

5. 诗句体制《诗经》一般为四言，后来有发展；①

6. 作者以民间传诵为多（或者原来是口头创作，后来由文人收集整理），因此古代民歌都没有留下作者姓名。

例如：

硕鼠（三首录一，《诗经·魏风》）

硕鼠硕鼠，无食我黍！三岁贯女，莫我肯顾。
逝将去女，适彼乐土。乐土乐土，爰得我所。

再如：

幽州马客吟（《北朝民歌》）

快马常苦瘦，剿儿常苦贫。
黄禾起羸马，有钱始作人。

此外，还有不少民歌是表示爱情和揭露封建社会不合理的婚姻制度的。前者如南朝的《子夜歌》、《孔雀东南飞》等。

① 席金友：《诗词基本知识》，内蒙古人民出版社 1981 年 8 月版，第 48 页。

(二)古体诗

"古体诗概指唐代以前除民歌之外形成的诗体,唐诗中也有许多以古体创作的诗歌。"[①] 它包括先秦的《诗经》、《楚辞》,两汉的乐府以及隋唐的古诗、古风、乐府等等。古体诗的特点是:形式自由、多样,不严格的押韵,没有固定的格律限制,因此,我们可以把它看作古代的自由诗。

从表现形式看,古体诗有三言、四言、五言、六言、七言、杂言等多种形式。其中最常见的是五言诗和七言诗;通首三言的非常罕见;四言诗以《诗经》为代表;六言诗以《楚辞》为代表。

较多见的"五言古风",古风句数少的至少六句,多的可以多到几十乃至百句以上。有五言古风、七言古风。

例如五言古风:

《月下独酌》 李白

花间一壶酒,独酌无相亲。
举杯邀明月,对影成三人。
月既不解饮,影徒随我身。
暂伴月将影,行乐须及春。
我歌月徘徊,我舞影零乱。
醒时同交欢,醉后各分散。
永结无情游,相期邈云汉。

例如七言古风:

《长恨歌》白居易(见本书第一章附录)。

(三)杂言诗

三言、五言、七言混用的一种诗体,个别句子有少于三言的,也有多到十一言的。

此外还有一种"乐府诗"(有时简称"乐府")既有五言的,也有七言的。

---

① 席金友:《诗词基本知识》,内蒙古人民出版社1981年8月版,第50页。

例如五言乐府：

《长干行·其一》　崔颢

君家何处住？妾住在横塘。
停船暂借问，或恐是同乡。

例如七言乐府：

《渭城曲》　王维

渭城朝雨暮轻尘，客舍青青柳色新。
劝君更尽一杯酒，西出阳关无故人。

(四) 格律诗（又称“近体诗”）

这是唐代形成的新体诗。它要受格律的严格限制，分绝句和律诗两大类。

1. 绝句

绝句又分“古绝”和“律诗”两种。

古绝的特点，总体来说是不受格律的限制，分开来说主要是：(1) 不讲究平仄；(2) 不讲究粘对；(3) 常见押仄声韵。

古绝在表现形式上和律绝一样，也分五言和七言两类。六言古绝很罕见。

古绝不管五言还是七言，一律以四句一首为限。凡是超过四句一首的，不管篇幅长短，一律叫做“古风”。每句五字的叫做“五言绝句”，简称“五绝”；每句七字的叫做“七言绝句”，简称“七绝”。

例如五言古绝：

《相思》　王维

红豆生南国，春来发几枝？
愿君多采撷，此物最相思。

例如七言古绝：

《凉州词》 王翰

葡萄美酒夜光杯，欲饮琵琶马上催。
醉卧沙场君莫笑，古来征战几人回。

2. 律诗

律诗每首限定八句。每首五字的叫做“五言律诗”，简称“五律”；每句七字的叫做“七言律诗”，简称“七律”。

律诗要讲平仄，但它最重要的特点是中间两联（第三、四句和第五、六句）必须对仗。

律诗是一种每首八句、中间两联必须对仗的格律非常严谨的诗。南北朝时代就已经开始出现，到唐代初期基本发展成熟，盛唐以后是它的黄金时代。

例如五言律诗：

《送杜少府之任蜀州》 王勃

城阙辅三秦，风烟望五津。
与君离别意，同是宦游人。
海内存知己，天涯若比邻。
无为在岐路，儿女共沾巾。

例如七言律诗：

《蜀相》 杜甫

蜀相祠堂何处寻，锦官城外柏森森。
映阶碧草自春色，隔叶黄鹂空好音。
三顾频烦天下计，两朝开济老臣心。
出师未捷身先死，长使英雄泪满襟。

（五）词

词是一种长短句。词有词谱。词谱规定每首词有一定的词牌（或叫“词调”）。每个词牌规定一定句数，每句规定一定的字数，每个字限定一定的平仄。押韵也按不同词牌规定。

最早的词，本来指的是歌词，是一种配合音乐、可以歌唱的诗歌。后来经过发展变化，逐渐脱离音乐而独立，于是衍变为一种格律化的长短句。

词，渊源于两汉乐府民歌，促成于“胡夷之曲”，奠基于隋唐，盛行于两宋。

词与诗最明显不同处是每一首词都有它特定的调名，这个调名通称为“词牌”。如【沁园春】、【满江红】、【菩萨蛮】、【水调歌头】等等。这些调名（或词牌名）最初只是表明填词时所依据的曲调乐谱，并不等于这首词的题目，当然也不体现这首词的内容。后来词和音乐脱节，词调就只是规定“调有定句，句有定字，字有定声（平仄）”；这些不仅对于每个词调各不相同，而且还不允许随意更改。

词牌和词题最初本来是一回事。后来词和音乐分了家，词牌也就和它所歌咏的内容脱了节，因此一首词除了词牌之外，还有一个词题。

后来有人按风格把词分为“婉约”、“豪放”派，最早提出不同风格之分的是明代张綖，正式确定两派的则是清代著名文艺理论家王士祯，他提出“婉约词”以李清照为宗，“豪放词”以辛弃疾为首。婉约词的风格一般是回旋婉转、情景相融、阴柔含蓄、妩媚朦胧；豪放词的风格则胸臆奔腾、激情荡漾、情阔天地、境惊鬼神。

如“婉约派”：

【浪淘沙】　李煜

帘外雨潺潺，春意阑珊。罗衾不耐五更寒。

梦里不知身是客，一晌贪欢。

独自莫凭栏，无限江山，别时容易见时难。

流水落花春去也，天上人间。

如“豪放派”：

《破阵子 为陈同父赋壮语以寄》 辛弃疾

醉里挑灯看剑，梦回吹角连营。八百里分麾下炙，五十弦翻塞外声。沙场秋点兵。

马作的卢飞快，弓如霹雳弦惊。了却君王天下事，赢得生前身后名。可怜白发生！

(六) 曲

曲，一般泛指元曲。它是在唐宋大曲、宋词以及民间曲调基础上，吸收金、元音乐而形成的。因为它盛行于元代，所以在我国古代文学史上，往往以唐诗、宋词、元曲三者并称。

曲最早来自民间（包括散曲、小令和套曲等形式，这里不详述）。曲和词相比较，大同而小异。不同之处是：平、仄可以互押；可以另加衬字。元曲有杂剧、散曲之分。散曲又有套数、小令带过曲之别。

例如：

【天净沙】《秋思》马致远（元）

枯藤老树昏鸦。
小桥流水人家。
古道西风瘦马。
夕阳西下，
断肠人在天涯。

这里要特别讲讲衬字。所谓“衬字”，指的是在曲律规定必需的字数之外所增加的字（这一点是词和曲最重要的差别）。具体说来，凡是格律规定的字，其平仄、句式须受格律严格控制，而衬字则不受此限制，即不讲平仄，不拘字数。它的作用，或者是补足语意（说明性），或者是加强声情，或者二者兼而有之。

例如：

【石榴花·中吕】王实甫（元）

大师一一问行藏，
小生仔细述衷肠：
自来西洛是吾乡；
宦游四方，寄居咸阳。
先人拜礼部尚书多名望，
五旬上因病身亡。平生正直无偏向，
止留下四海一空囊！

上面黑体字为趁字，曲中的衬字往往由戏剧剧情需要或乐曲需要加出来的，有些虚字，如“了”、“着”、“将”、“把”、“也”、“又”等也是句中的衬字。后来发展到戏曲“板腔体”的唱词中多用衬字，甚至以衬字做排比句的前置词，形成一种规律。如“我这里”、“我好比”、“可记得”等。

如京剧：

《洛神》唱词

我这里翔神渚把仙芝采定。
我这里戏清流来把浪分。
我这里拾翠羽斜簪云鬓。
我这里采明珠且缀衣襟。

如越剧：

《梁祝·楼台会》唱词

可记得，你看出我有耳环痕，
使英台脸红耳赤口难开；
可记得，十八里相送长亭路，

我是一片真心吐出来；
可记得，比作鸳鸯成双对，
可记得，牛郎织女把鹊桥会；
可记得，井中双双来照影，
可记得，观音堂前把堂拜。

做“诗词意境小品”，我们提倡古代诗词为选择的重点。

诗词与戏曲有根本的联系，如戏曲唱词文化底蕴和韵律关系来自于律诗，曲牌唱词来源于宋词，元曲干脆就是昆曲的前身。因此，戏曲导演对古代诗词熟悉、认识是十分必要的。

三、中国现代诗与外国诗歌

现代诗又称“新体诗”、“自由诗”、“白话诗”，包含经翻译的外国诗。

一般指五四运动以来的诗歌，从“白话诗”的称呼便可知道现代诗的产生直接受到新文化运动的影响，从内容方面表现了科学、民主的时代内容，打造“博爱、纯粹、宽容、优雅、精致、悲悯、人文关怀”的旗帜。在写作形式上这类诗歌用白话语言写作，打破旧诗词格律的束缚，形式上灵活自由。除了要求精炼、押韵，大致整齐之外，没有其他任何限制。然而，新诗并没有脱离古体诗的渊源，在诗的特性、诗的意蕴等方面，现代诗都有着明显的体现和发展。

现代诗20世纪二三十年代兴起以来，以胡适、闻一多、郭沫若、徐志摩、艾青、卞之琳等为代表，后者又有光未然、臧克家、贺敬之、席慕蓉、顾城等较著名的现代诗人。

现代诗也有抒情、叙事的分类，还有朦胧诗、先锋诗、后现代等派系的兴起。

首先值得一读的是郭沫若的现代诗。

如：

《凤凰涅槃》（节选）

凤凰更生歌

鸡鸣，听潮涨了，听潮涨了，死了的光明更生了。

春潮涨了，春潮涨了，死了的宇宙更生了。

生潮涨了，生潮涨了，死了的凤凰更生了。

凤凰和鸣，我们更生了，我们更生了。

一切的一，更生了。

一的一切，更生了。

我们便是他，他们便是我，我中也有你，你中也有我。

我便是你，你便是我。火便是凰。凤便是火。

翱翔！翱翔！

欢唱！欢唱！

我们新鲜，我们净朗，我们华美，我们芬芳。

一切的一，芬芳。

一的一切，芬芳。

芬芳便是你，芬芳便是我。芬芳便是他，芬芳便是火。

火便是你。火便是我。火便是他。火便是火。

翱翔！翱翔！

欢唱！欢唱！

我们热诚，我们挚爱。我们欢乐，我们和谐。

一切的一，和谐。

一的一切，和谐。

和谐便是你，和谐便是我。和谐便是他，和谐便是火。

火便是你。火便是我。火便是他。火便是火。

翱翔！翱翔！

欢唱！欢唱！

我们生动，我们自由。我们雄浑，我们悠久。

一切的一，悠久。

一的一切，悠久。

悠久便是你，悠久便是我。悠久便是他，悠久便是火。

火便是你。火便是我。火便是他。火便是火。

翱翔！翱翔！

欢唱！欢唱！

……

《凤凰涅槃》编在《女神》第二辑，郭沫若诗歌的生命来自于传统诗词肥厚的沃土，如果仔细体会一下《女神》诗中采用的比喻、象征的手法，借助神话传说、历史故事豪放的表达感情、浪漫主义特征、豪壮、雄健、颇具阳刚之美的诗风都具备了《楚辞》风骨，应当说这是现代诗中对先秦屈原文风底蕴最好的继承和发展。

现代诗中另类抒情诗也在传统诗歌中吸取了丰富的营养。

如：《再别康桥》（见本书第一章附录），这是一首典型的现代抒情诗，如果对比前面《诗经》实例，诗从“我走了”起“兴”，后面的“河畔的金柳”、“软泥上的青荇”、“榆荫下的一潭”、“一支长篙”都是“比”的发展。

现代诗由于受到西方文化的影响，更多了一些哲理、思辨的特质和朦胧的风格以及人生、人性的描写。

如抒情诗：

《给女雕塑家张得蒂》　艾青

从你的手指流出了头发，
像波浪起伏不平，
前额留下岁月的艰辛。

从你的手指流出了眼睛，
有忧伤的眼神，
嘴唇抿得紧紧。

从你的手指流出了一个我，
有我的呼吸，
有我的体温。

而我却沉默着，
或许是不幸，
我因你而延长了寿命。

这里在诗的思维、运用的比喻、丰富的想象中，渗透了对人、人的本体、人的本性的感受和思索，表现新文化运动以来思想解放的内核。

20世纪80年代，诗歌又迈进了一个新时代，这同“文革”时期将一切文化艺术禁锢在固定模式的历史有关，十年的压抑和苦闷一旦迸发，首先在文化领域表现出来的仍然是诗词。那些出生于五六十年代的诗人们以其悲悯的朝圣者的姿态，忘情地吟咏苦难的经历，含蓄表达他们特殊的精神文本。

如：

《一代人》 顾城（节选）

黑夜给了我黑色的眼睛，
我却用它寻找光明。

顾城可以说是当代朦胧诗的领先人物，情感的朦胧、哲理的环绕感染着人们对生活深层的思考。《一代人》是最精练、最典型的代表。

又如：

《回答》 北岛（节选）

卑鄙是卑鄙者的通行证，
高尚是高尚者的墓志铭。
看吧，在那镀金的天空中，
飘满了死者弯曲的倒影。

北岛在“回答”什么呢？是对历史、时代、现代、当代的思考？人生、人性的哀叹……这又是朦胧诗的代表。然而从中却可以感觉到屈原《天问》的余蕴，所以，不论现代诗、当代诗冠以什么称呼，都离不开历史传承。但是，每一个诗的时代，都有自己的特色，都带有时代性的思维特征。如“后朦胧诗”、“新生代诗人”、“先锋诗人”、“后现代”等，都是新时代多元的、丰富的文化现象。现代诗表面上似乎和诗词的传统历史没有关联，实际上我们从第一章讲到的诗词“心象”、“比”、“兴”等特性来看，仍然一脉相承。只不过它展现了一种对任何历史都不满足的现代的思维方式，这种思维的主体并不是站在历史过程之外，而是置身其中审视自我的尴尬。现代诗主要是现代性话语的结果。进入21世纪以来还有“反诗歌运动”的现代派，这里不做过多的讲解。

对于外国诗，由于译者水平、素质、能力等差距，很难从译本中读到完全的意蕴。但仅从现存的译本中，我们完全可以说它们与中国诗词有着共同的特质，因为人文环境、民族习性、历史发展状态不同，各国的诗词又都闪现着自己的特色，如德国著名诗人歌德，俄国著名诗人普希金、拜伦、泰戈尔等。这里不做过多的讲解。

我们花了很多篇幅谈了现代诗词，一是要说明我们在“诗词意境小品”的教学中不排斥以现代、当代诗词为文本的创作。二是要求同学们在广泛的阅读中体会人类文学宝库中的诗词有着共同的特质，表现了诗词的共性；还要求同学们体会不同国家的诗词，都具备不同民族的特性，不同时代的诗词，又具备不同时代的气质，这表现了诗词的个性。三是要求同学们体会中国现代诗词与古典诗词传承与发展的关系。

复习题：

1. 古代诗大概分为哪几种？与戏曲最接近的是哪种？
2. 在古代诗词和现代诗的对比中，找到继承与发展的关系。

第二节　在体会诗词意境中引发自己的创作想象

一、诗词的意象与境界

从“诗词意境小品”的命题就可以看出对小品要求的标准非常明确，那就是意境。什么是意境呢？我们从字面上解释，“意”——意象：指诗词形成的思维过程，其中包含立意和意蕴；“境”——境界：当诗人的主观意志、情感与客观境象和谐一致时，作品审美的标志。

（一）意象思维

“意象”从导演创作的角度看，首先是一种思维方式，是以中国为代表的东方艺术创作的思维方式。相对“摹象”而言，它创作的思维不是以“模仿”形象的“逼真”予以“再现”的过程，而是从“心意”出发创作形象的“神似”予以“表现”的过程。“意象论”是我国自成系统的审美表现理论。

“意象”由“心”产生，所以在诗词的特性上，又有“心象性”的说法，《乐礼》中说：“诗，言其志也；歌，咏其声也；舞，动其容也：三者本于心，然后乐器从之。”诗、歌、舞讲的是艺术，怎样产生的呢？“本于心”——就是强调它产生的根本，首先是心有所感，才有诗。也就是说它产生于人内心的向往，产生于人对自己本质力量的体验。《诗经》有“心之忧矣，我歌且谣”，“维是心褊，是以为刺”，这是先秦在诗歌创作中的体验。

当然在意象思维中古人非常注重立意，我们引用的《乐礼》首先是“诗，言其志也”。“志”就是“立意”，我们在第一章“诗言志”中开头就讲这是中国历代诗论的“开山的纲领”。

把“意象”作为统一概念来使用始于南朝时期的刘勰，他在《文心雕龙·神思》中说“窥意象而运斤”。就是说艺术创作首先在“意”，意为本人之意，指的是创作者主体的意识形态中的思想、情感、意志等；“象”是物之象，在创作者看来是感性状态的东西，可以通过感官来把握。二者的对立统一，构成为“意象”的概念，主要是指存在于审美主体想象中的形象，如唐代的王昌龄所说：“久用精思，未契意象，力疲智竭，放安神思，心偶照境，率然而生。”在意象得以物化创作为诗时，创作主体的审美意象往往不直接寄寓于形象的浅表，而是含蓄于深微，或存在于境象之外，这就是我们所说的“意蕴”。

从刘勰开始就特别注意到文外去寻“意”，提出不要把诗中所见的直接形象当成诗人的根本旨意，要绕开文字形象，从远处发现诗人精神所在。这和后来由诗词发展起来的戏曲在塑造形象的审美标准方面是完全一致的，意象创造的形象必须具有审美的超越性，这就不能只求外貌的逼真，在中国民族的审美观念中“神似”的等级要远高于“形似”，“神似”即显示内在的神韵。用后来顾恺之的说法就是“传神写照”。这种状态从审美心理根源来说，是诗人从现实审美中已经形成了美感情态，这种情态是以“意”首先的构成而存在，因此我们称之“意象思维”。

从背诗词开始，让学生从感觉到实践，围绕着“诗词意境小品”的课题，再从感悟到实践，主要目的之一就是要加深理解意象思维，并且学会在实践中自觉地运用，为将来导演的艺术创作打好基础。

（二）谈境界

王国维集前人之大成，提出了完整的意境理论。他的《人间词话》，是以对五代、北宋以来词的“境界”评论来完成论述的。他的“境界”论实际是对“意象”创作的深化，是从审美的角度来论述的，《人间词话》篇幅不长，是戏曲导演的必读书，确实是我们认识意象和境界的纲领。

1. 境界是作品审美的标志。

《人间词话》中说：“词以境界为最上。有境界，则自成高格。”

“境界”似乎很难用语言表达清楚，只有用人的“感受”去感觉，所以“境界”是表述了“意象化”的审美价值，王国维这里提出的“境界”是指不尽之旨于言外，是指诗词达到象外之象、意外之意的内涵、蕴藉。

例如陈子昂的“前不见古人，后不见来者，念天地之悠悠，独怆然而涕下”。

又如唐人李商隐写《登乐游原》：“向晚意不适，驱车登古原。夕阳无限好，只是近黄昏。”

2. 境界中的真实情感。

《人间词话》中说：“大家之作，其言情也必沁人心脾，其写景也必豁人耳目，其词脱口而出，无矫揉妆束之态。”

《人间词话》中说：“境非独谓景物也，喜怒哀乐亦人心中之一境界。故能写真景物真感情者，谓之有境界。否则谓之无境界。”

这里指写出情景境界的根本。怎样“言情”呢？——“沁人心脾”“真感情”的“喜怒哀乐”；怎样“写景”呢？——“豁人耳目”，既字落纸上却使人豁然听到优美的音乐，看到鲜明形象。这就是说形象化的意境产生，在于诗人创作性情中的真诚。特别强调“喜怒哀乐亦人心中之一境界”的“心象”，强调心象中“真情感”，换一个角度说，有情感境界的人写出物与人的真情感，这样的诗词才称得上“有境界”。我们在二度创作中也必须和诗人进行最真心的交流，最真诚地体味诗词的意境，才能创造出舞台上鲜明的形象的意境。

学生在小品构思中有些就是从体会诗词“心的交流”“心心相印”开始的。

范例一：2002班吴佳斯同学创作的小品

《游子吟》　孟郊（唐）

慈母手中线，游子身上衣。
临行密密缝，意恐迟迟归。
谁言寸草心，报得三春晖。

这首唐诗之所以成为孺妇皆知、脍炙人口的千古名句，就是因为诗人把母爱无私的这种人的本性境界、人的“真情感”写得太逼真了。吴佳斯同学用自己的真情体验到了诗的真情，怎样才能将母亲的形象扩大、突出、强调、升华呢？在讨论构思中，她感到诗中的母亲不是一个母亲形象表现得了的，所以在舞台上设计了五个支点，同时出现了五位母亲。

小品一开幕，舞台上五位坐在昏暗烛光下为孩子缝衣服的母亲，配合了二胡曲《二泉映月》的音乐，使观众一下子就感受到被导演拓展了的诗中的意境。她们以满怀慈爱的情感，用相同的缝制衣服、打瞌睡、倚门盼、撑雨伞等舞台行动一次又一次把意境深化，把“真情感”推到观众心里，而后“游子”单人上场，在围绕着五个母亲的舞台调度中，一边深切感受着母爱，一边真切地吟诵诗句，表现了母子间的心灵感应。最后表现下雨的情境时，众母亲举起了伞朝台口走，游子朝台后走，形成了一个斜线的调度，游子猛回头后高声重复咏诗，一个空间是“远游的儿子知道母亲将每日在门口盼望着儿子的归来，自己怎么能报答这一片比海还深的慈爱啊”！另一个空间是“母亲们一直凝望着远方，等待着孩子的归来”的定格。这个双重空间的处理是母亲的心与儿子的心相碰撞，导演和诗人的心相碰撞，于是掀起了高潮，把诗中的“真感情”和境界升华了。

3. 境界中的“有我之境”和“无我之境”。

《人间词话》中说：“有有我之境，有无我之境。”“文学之所以有意境者，以其能观也，出于观我者，意余于境。而出于观物者，境多于意。然非物无以见我，而观我之时，又自有我在，故二者常互相错综，能有所偏重，而不能有所偏废也。”

这里的“有我之境”是指“以我观物，故物皆着我之色彩。”说的是诗人当时的心情比较激动，把这种激动的心情加到景物上去，高兴时看到一切景物也都在高兴，悲哀时看到一切景物也都在悲哀，所谓“物皆着我之色彩”，构成缘情造境。

如欧阳修的《蝶恋花》“门掩黄昏，无计留春住”中的感慨很深，非常悲苦。作者把这种感情加到景物上去，把门、春人格化来显示自己的感触，人格化地把景物加上自己的情感，形成意境。

同学们的小品创作多数是明显的“有我之境”。

如范例二：2003班叶琳同学的《送别》

《西厢记·长亭送别》 王实甫

碧云天，黄花地，西风紧，
北雁南飞。
晓来谁染霜林醉？
总是离人泪。

这是元杂剧《西厢记·长亭送别》中的节选，是崔莺莺的唱词，诗人用了四重平行景物的描绘还嫌不够，又在反问中再加一重景。典型的借景抒情，抒什么情？诗人告诉我们是别离情、是悲伤的情，因为诗中有明确的“离人”，又写明了“泪”。非常清楚，这是有我之境。“我”是谁？——当然是歌唱这个曲子的崔莺莺。因为这【端正好】写得太好了，所以被后人引做借景抒情、有我之境的典型。怎样通过小品的舞台形象把这首词的意境再现出来呢？

学生把这种情人分离的悲痛情感放在了三个不同的时代。大幕拉开，舞台中区有几块连接的平台高于前区的舞台平面，后方又有两块连接的六级台阶又高于中区的平台，把舞台分割成三个表演区。

几声孤雁的鸣叫伴着急促的马蹄声引上来一位古代的青年女子，她追随着马蹄声来到台口，情不自忍地猛回身于落泪，拔下了情人所赠发簪，又追至台口，可是人已经远去了……女子哽咽地念出“碧云天，黄花地……”孤雁声再次响起，古代女子孤独地下场；火车的鸣笛以及滚动的声音把一位晚清时期的年轻女子从舞台中区的平台引上，她手拿书信，发疯似的在已经启动的火车外寻找着，一直看着远去的火车跌坐在地上，看着手中的书信和远去的爱人念着“碧云天，黄花地……”，火车越来越远了，清代女子慢慢地爬起，无奈孤独地离去；飞机起飞冲天的声音把一位打扮入时的现代青年女子引上了六级台阶，她看着飞走了的爱人痛苦地念着“碧云天，黄花地……”，最后这三位女子汇集一起相互看着对方的存在，手牵着手走向前台念出“碧云天，黄花地……”，整个小品创作是一直有“我”的存在，传达了不管时代怎样跨越，情人分离的痛苦都是一样真切地存在，景都会因为人的悲痛著上人的情感。小品中三个时代女性的形象把《西厢记》的精神境界和底蕴拓展了。这是“以我观物，故物皆着我之色彩”的典型小品范例。

而“无我之境，以物观物，故不知何者为我，何者为物。”这里受叔本华哲学影响，叔本华认为“人在直观（直觉）中与万物无异”，所以说“无我”，是一种“超然”。隐含老庄的哲学意蕴，作者的心里首先是超然平静，平静中才能“以物观物”。从意象思维的角度，诗人的主观情感已经被“修炼”得归隐、物化。

如：

《饮酒》之五　陶渊明

采菊东篱下，悠然见南山。

山气日夕佳，飞鸟相与还。

是“菊”的“悠然”，还是“东篱”“见南山”，还是隐藏的“我”？诗人留给读者去想象，这就是“无我之境”。这是“写意”的高境界，是“写实”美学无法诠释的。

同学们在小品创作中能达到“无我之境”. 十分难得。如 2003 班滕晓孝同学的《游园不值》：

范例三：

《游园不值》 叶绍翁（宋）

应怜屐齿印苍苔，
小扣柴扉久不开。
春色满园关不住，
一枝红杏出墙来。

谁应该怜惜“屐齿印苍苔”？谁去扣那扇“久不开”的“柴扉”？前两句与后两句又有什么联系？诗人都没有说——留给读者去想象，“无我之境”啊！小品怎样表现这样的意境呢？

在小鸟唧唧喳喳声中大幕缓缓地拉开，首先映入眼帘的是台中的两块白景片上铺满了碧绿的树叶，“满园春色”的气息扑面而来。一声清脆的铃鼓声划破长空，白景片徐徐分开，一位身着红装的俏丽的姑娘手拿铃鼓在热情奔放地舞蹈着，铃声大作，又是视觉又是听觉，一枝鲜活的红杏啊……青春洋溢的小伙子被悦耳的音乐和铃鼓声吸引而来，他四处寻找。忽见一个身穿红衣服的姑娘就像一枝盛开的红杏花一样翩翩起舞，他追随着她，跟着她旋转、跳跃……此时那两块布满绿叶的白景片动起来了，“关不住”！“关不住”！“关不住”！小品的意境中，似乎把我隐去了，而那满场灵动的画面，仿佛又在启示人们那“关不住”的出墙红杏已经点燃小伙的情愫；姑娘的心扉已被叩开；这就是“关不住”的“满园春色”！

诗歌欣赏是一种艺术创造，同学们用自己的想象扩展诗的意境，丰富诗的含意，给诗句涂上比喻象征的色彩。对于这种现象，诗论家说是“作者未必然，读者何必不然”诗的“无我之境”，导演用以相对应的“无我之境”形象地表现出来，这就是诗词意境小品训练中的“何必不然”。

4. 境界中的情景交融。

王夫之是先于王国维的戏剧家、理论家，他在《姜斋诗话》中讲到诗的意境时说：“情、景名为二，而实不可离。神于诗者，妙合无垠。巧者则有情中景，景中情。”情景相融就是境界。他把情、景、意认作不可分割，就是说明了诗词意蕴与境界形成不可分割的要素。“情景虽有在心在物之分，而景生情，情生景，哀乐之触，荣悴之迎，互藏其宅。”我们体会一下这里“妙合无垠”、“互藏其宅”都是诗词的意境。

学生在小品创作中大多是对“情中景，景中情”、“互藏其宅”、“唯意所适”的追求。如 2003 班何亚男同学的《雨巷》：

范例四：

《雨巷》（节选）

撑着油纸伞，独自彷徨在悠长，悠长，又寂寥的雨巷，

我希望逢着一个丁香一样的结着愁怨的姑娘。

她是有丁香一样的颜色，丁香一样的芬芳，丁香一样的忧愁，

在雨中哀怨，哀怨又彷徨；

她彷徨在这寂寥的雨巷，

撑着油纸伞，

像我一样，像我一样地

默默彳亍着，冷漠，凄清，又惆怅。

她静默地走近走近，

又投出太息一般的眼光，

她飘过像梦一般地，像梦一般地凄婉迷茫。

像梦中飘过一枝丁香地，
我身旁飘过这女郎；
她静默地远了，远了，
到了颓圮的篱墙，走尽这雨巷。在雨的哀曲里，
消了她的颜色，散了她的芬芳，
消散了，甚至她的太息般的眼光，丁香般的惆怅。
……

学生最初有感这首诗的“情”是诗中的“我”，——一位沉醉于感情追求的青年，他孤身一人，彷徨在江南的悠长的雨巷，等待着一位心中的姑娘；“景”是“雨伞”、“雨巷”、“雨”，而“芬芳”、“忧愁”、“哀怨”是情；“颓圮的篱墙”、“雨的哀曲”、“她的颜色”、“太息般的眼光”的景，都是“情中景，景中情”、“互藏其宅”——即作者的想象。

形象立体了，为什么诗人勾画这样的形象呢？教学中要进一步引导思考“唯意所适”，即诗人的立意是什么，深层的底蕴是什么？于是导演的灵感被激发出来，感悟到诗中的姑娘形象就是诗人的理想。他的彷徨求索，就是为了寻找理想。姑娘的步履、颜色，连同她的叹息与惆怅，莫不带有可望而不可及——执著追求但又无法把握的理想，在那个时代，诗人这样表达了他追求美好理想的信念是徒劳的那种孤苦心情。对姑娘不断的思念，又是诗人在坚持对于人的尊严生命力的追求。这就抓到了诗的本质和深层的意蕴。

雷雨声中大幕徐徐拉开，舞台的后方有两个六级台阶延伸进幕里，紧连着的是几块长方体搭成的平台斜放在后方，仿佛那就是“悠长，悠长，又寂寥的雨巷”。优美动听的轻音乐伴着丝丝的雨声引上了一对现代青年男女，他们撑着雨伞踏着音乐的节奏从舞台的两端慢慢走来，不经意的对视让他们的心里似乎产生了点情愫，可是还是擦肩而过了……接着是两对、三对、四对……然后是四对同时从一、二道幕上场，撑伞、转伞、注视等等行动都变成了整齐划一的舞蹈动作了……这时，一位穿着“五四”时期服装的青年（下面简称“我”）怀抱油纸伞满怀激情地冲上了场，仿佛在寻找着什么来到了前台，这时天空中开始飘起细雨，“我”撑起油纸伞不经意的一个回身，那

"悠长，悠长，又寂寥的雨巷"顿入眼帘，不觉"由景生情"地念出了"我撑着油纸伞，独自彷徨在悠长，悠长，又寂寥的雨巷，我希望逢着一个丁香一样的，结着愁怨的姑娘……"，这时舞台上出现了一位身着白色衣裙的姑娘，她仿佛一朵在空中飘荡的"丁香花"，随风飘舞……"我"不觉地跟着"丁香花"的脚步但是一直不敢碰触她……此刻，一位勇敢的现代男子冲向了"丁香花"，此时的"我"悄悄地隐下……"丁香花"与现代男子在舞蹈中表现了相遇、相识、相知……但是女子还是"像梦一般地"飘走了，现代男子痛苦地念着"她是有丁香一样的颜色，丁香一样的芬芳，丁香一样的忧愁……"，与此同时，"我"悄悄地上场注视着现代男子的一切直到远去，嘴里念出了"我身旁飘过这女郎，她静默地远了，远了……"，接着雷声大作、大雨倾盆，从六级台阶里冲出了一位身着旗袍、梳着发髻的女子，她没有带伞，沿着"雨巷"像风一样的奔跑，虽与"他"撞了个满怀，但是还是头也没抬地跑走了，"我"急切地想要给她打伞，但是还是没有追上……"我"深情地看着女子远去的身影、默默地回身看着"雨巷"，念着诗画面慢慢地定格了……

意境是"诗词意境小品"教学中重点强调的部分，以意象的思维才能读懂诗词中的境界，以自己的心感受诗词的意境，对于导演来说是首先的。综合前面两点所述，第一，意境是指作者的主观情志，情意与客观物境互相交融而形成的艺术境界。第二，作者在作品中从表现抒情主体的情感出发，以情景交融的意象结构方式构成创作的系统。是"写意"范畴的创作，以诗词为母本的"诗词意境小品"，就是通过舞台形象，把纸面上的、内心感受意境立体地呈现在舞台上，以意象思维的方式，通过自己的创作展现境界。

更科学地说，诗歌的情感与形象自始至终都紧密糅和在一起，是相互依存的完美结合体。所以在诗词意境小品创作的感受生活和体验生命的过程中，都要时时刻刻带着生活中各个相关联的形象，也就是要求把原汁、原味、原形的生活及其感受体验一起储存在记忆里。其实这就是形象思维的要求，即在思维过程中始终不脱离具体事物的形象，并伴随着强烈的情感活动和丰富的联想、想象。在接收到不同的外界信息时，头脑中首先出现的是与诗词相应的具体事物形象和情感体验。只要我们这样去积累生命体验和形象感觉，很多生动具体的形象画面和情感体验就会在头脑中互相联结、沟通，情感体验就会丰富而深刻，思维表达就会活跃而形象，我们的情感表达就离诗词不远了。

二、营构诗词意境的方法

在对诗词意境的认识基础上，我们来谈营构意象的方法。

关于诗词意象、抒情、叙事方法等方面的论述很多，我们首先谈谈我国古代理论中提出的赋、比、兴。

1. 赋、比、兴。

汉代郑玄在《周礼注》这样解释："赋之言铺，直铺陈今之政教善恶"；"比者，比方于物也；兴者，托事于物也。"

(1) 赋——"赋之言铺"陈述铺叙的意思，即平时所说的直写其事，某一物象在作者看来已经具备了能够表达他的情感的特质，便直接加以运用，使这一个意象直射出感情来。"赋"的运用在《诗经·大雅》中最为典型。我国古诗中"叙事诗"都继承发展了"赋"的表现方法。如《南北朝乐府·木兰诗》、唐诗《长恨歌》等。这类叙事诗因为有人物、有情节，往往后来发展为戏曲，而其中的情感抒发的诗句，就衍变为戏曲的唱词。

对于"赋"一类的诗词，在做小品时容易走向展示诗的画面，较直露的表演诗的内容。但是如果对于全诗有感于"心象"，对生活充满激情，有了自己的鲜明立意，小品也会做得很精彩。

如 2002 级叶蕾同学以俄国普希金叙事诗《回忆》为题创作的小品，继承了中国诗词中"赋"的表现方法。

范例五：

《回忆》 普希金

我的酒友，

可记得在快乐的宁静时刻，

我们曾经把痛苦在冒泡的美酒中淹没。

可记得我们默默地躲在昏暗的角落，

远离学监的监视慵懒着和酒神同乐。

可记得我们围着番曲酒，
朋友们轻声地交谈，
紧张得不敢碰杯，
只吸着廉价的烟。
冒气的酒浆在翻腾、流淌。
啊！多美妙啊！
蓦地远处传来了学究可怕的吼叫，
听到了，听到了！
酒瓶刹那间粉碎，
酒杯朝窗外飞去，
清澈的酒浆朝四面八方流去，
我们都匆匆逃走。
惊恐刹那间消失，脸上闪耀着红晕，
都争发机灵麻利。高兴得哈哈大笑！
目光暗淡呆滞，
泄露了酩酊的时刻和酒神甜蜜的诡计。
我的知心朋友，我发誓，在舒心的时刻，
每年我都要喝几杯来回忆当年的快乐！

这是一首叙事诗，文学叙述非常自由，时空转换也非常灵活，带有情节性。诗是作者对以前学生时代的回忆为基础来描绘的。写出了那段时光的美好，单纯向往的纯真。

学生抓住了“回忆”的行动特点，设置了四个曾是同学的老人形象作为舞台故事叙述的起点，由他们同时的回忆展现了小品的主题意境，老人们深沉回忆的前四句诗之后，突然他们共同甩下了帽子和围巾，音乐也陡然一变，四人回到了年轻上学的时代，发扬了诗词“铺陈铺叙”的特性，由活泼欢快的少年舞蹈开始，四个人在音乐中把上学时的偷着喝酒抽烟的场景搬上舞台，各自跳到椅子上定格、造型……学监赶来后，被学监抓住，大家又调皮捉弄学监，诗词中的对少年时代的回忆被鲜活生动地一个接着一个的舞台画面展现出来。小品既抓住了文本的叙述特点，又将文本中那些抽象的看不见的思维活动变为看得见的形象和动作加以体现。而导演并没有满足小品生动的叙述，在第三段的构思中，又让四个人回到了老年，而且把当年的学监——现在已是垂暮之年的老人搀扶出来，大家在共同的“回忆”朗诵中把导演的立意升华出来，——人到老年，虽然更多的是回忆，但回忆中更多的是友谊、和谐与对师长的尊重……使得对这个文学作品的叙述更加感染观众。

(2) 比，《周礼注》说得很明白：“比者，比方于物也。”即我们常说的打比喻、比拟的方法，通过不同的方式将作者的感情比做它物。王夫之在《姜斋诗话》中说：“《小雅·鹤鸣》之诗，全用比体，不道破一句，《三百篇》中创调也。要以俯仰物理而咏叹之，用见理随物显，唯人所感，皆可类通；初非有所指斥，一人一事，不敢明言，而姑为隐语也。”《小雅·鹤鸣》原诗一章如下：

鹤鸣于九皋，声闻于野。
鱼潜在渊，或在于渚。
乐彼之园，爰有树檀，其下维萚。
它山之石，可以为错（石器）。

这是说，鹤在极远的沼泽地带叫，声音一直传到原野里，这里比喻真诚的话会流传到很远的地方去；鱼有时潜伏在深渊里，有时游到洲渚边，这里比喻“礼之无定在”，即到处可以看到事物的道理；爱好那个园林有贵重的树木，他的下面有落叶，这里比喻好的事物也有它的缺点；别的山头上的石头可以用来打磨玉器，这里比喻即使平凡的东西也有它的用处。这首诗就用这样四个比喻组成，它们究竟用来比喻什么？它们之间有没有联系？都没有说明。只通过比喻让读者从中体会诗的含义，这种含义要读者凭着各自的生活体验去作补充。这就是王夫之所说的“《三百篇》中创调也”。

当然，以“比喻”来抒情，在诗词的创作中，不只这一种，“比”有各种表达法。第一种是以一样东西即一个词作比。如北宋秦观的《千秋岁》“落红万点愁如海”，用海来比愁。第二种是用词组和句子来作比，如南唐李煜《虞美人》用“一江春水向东流”这句话来比“几多愁”。第三种是用不同的东西比喻一件事，如北宋贺铸《青玉案》词中对闲愁的比喻："一川叶草，满城风絮，梅子黄时雨。"用了三个比喻来比一样事物，就是既是比喻，又是写景。当时正是黄梅时节，满河烟雨迷蒙，满城飞絮飘荡，因此这个结尾，既是以景烘情，烘托气氛，表现愁情，又是用来比喻愁丝的多。所以这个结尾极为著名，作者因而有"贺梅子"的称呼。

《诗词例话》中提出"博喻"、"喻之二柄"、"喻之多边"、"曲喻"，从不同角度论证了诗词的比，值得一读。但应当着注意的是：诗中的比喻体已构成诗的形象，诗通过这些形象来表达情思，形象已成为诗的主要成分，不能变换，一变换就成了另一首诗，不再是原来的诗了。

以诗词中"比"的方法，在同学中小品创作中几乎处处可见，因为小品生成的艺术形象，不能是直露的浅释诗词的形象，往往将比喻形象地塑造在舞台上。在小品中运用这种比的方法也有两类，一类是不脱离诗中的作者的比喻和时代，在诗的基础上以自己的丰富想象塑造形象或意境，如梁风娟同学小品《凤凰的涅槃》。

范例六：

《凤凰涅槃》　郭沫若（节选）

除夕将近的空中，飞来飞去的一对凤凰，唱着哀哀的歌声……

山前有浩茫茫的大海，山后有阴莽莽的平原，山上是寒风凛冽的冰天。

哀哀的凤凰，凤起舞，低昂！凰唱歌，悲壮！他们的死期将近了。

山前有浩茫茫的大海，山后有阴莽莽的平原，山上是寒风凛冽的冰天。

茫茫的宇宙，冷酷如铁！茫茫的宇宙，黑暗如漆！茫茫的宇宙，腥秽如血！

我们飞向西方，西方同是一座屠场。我们飞向东方，东方同是一座囚牢。

我们飞向南方，南方同是一座坟墓。我们飞向北方，北方同是一座地狱。

宇宙啊，宇宙，我要努力地把你诅咒：

你浓血污秽着的屠场呀！你悲哀充塞着的囚牢呀！

你群鬼叫号着的坟墓呀！你群魔跳梁着的地狱呀！你到底为什么存在？

五百年来的眼泪倾泻如瀑。五百年来的眼泪淋漓如烛。

流不尽的眼泪，洗不净的污浊，浇不熄的情炎，荡不去的羞辱，

我们这缥缈的浮生，到底要向哪安宿？

哈哈，凤凰！凤凰！你们枉为这禽中的灵长！你们死了吗？你们死了吗？

从今后该我为空界的霸王！从今后请看我们驯良百姓的安康！

昕潮涨了，昕潮涨了，死了的光明更生了。

春潮涨了，春潮涨了，死了的宇宙更生了。

生潮涨了，生潮涨了，死了的凤凰更生了。

我们热诚，我们挚爱。我们欢乐，我们和谐。

和谐便是你，和谐便是我。和谐便是他，和谐便是火……

在半封建半殖民地的旧中国彻底的腐朽，五四运动像一团火点燃了中华民族的希望……于是郭沫若的《凤凰涅槃》诞生了，郭沫若以凤凰为比体，写了民族的灾难和挣脱灾难的奋斗、坎坷、希望和胜利，但是这里没有一句出现革命的口号和内容，诗篇从头至尾围绕凤凰涅槃展开丰富的想象。梁凤娟同学如醉如痴地读着这首诗，她要用小品形象再现诗的比体——凤凰，要用小品形象地再现诗的比喻内涵——一个伟大民族的革命如“凤凰涅槃，是残酷的美，更是希望的美。不畏痛苦、义无反顾、不断追求、提升自我的执

著精神，一种令人神往的境界”。

小品的开始，郭沫若原诗优美的诗句朗诵交代规定情境：

“除夕将近的空中，飞来飞去的一对凤凰，唱着哀哀的歌声……山前有浩茫茫的大海，山后有阴莽莽的平原，山上是寒风凛冽的冰天。哀哀的凤凰，凤起舞，低昂！凰唱歌，悲壮！他们的死期将近了。”

在朗诵声中舞台上是两束追光在黑暗中交织融合，像是凤凰在黑暗中寻找光明。导演在追光下报幕……

柔和飘逸的乐声中暖光起。身着红衣的一对凤凰翩翩起舞，突然传来鞭打的声音把这片美好的天地打乱……三个身着黑衣的男子站成品字形痛苦疯狂地怒吼：

“茫茫的宇宙，冷酷如铁！茫茫的宇宙，黑暗如漆！茫茫的宇宙，腥秽如血！我们飞向西方，西方同是一座屠场。我们飞向东方……是一座囚牢。我们飞向南方……是一座坟墓。我们飞向北方……是一座地狱。宇宙啊……你浓血污秽着的屠场……哀充塞着的囚牢……鬼叫号着的坟墓……群魔跳梁着的地狱！”——小品用自己的形象比喻着旧中国的灾难。

接着从空中降下一条血红色的长绸，地流光从后方打在飘动的绸子上，比喻着凤凰折断的翅膀。在哀伤的二胡音乐中凤凰由两侧上，围绕着翅膀舞蹈，想要修好受伤的翅膀，想要冲出黑暗，拯救万物。凤凰在无边的黑暗中寻找着、质问着：

“五百年来的眼泪倾泻如瀑。五百年来的眼泪淋漓如烛。流不尽的眼泪，洗不净的污浊，浇不熄的情炎，荡不去的羞辱……”

而回应的只有那些奸人狂傲的笑语声：

“哈哈，凤凰！凤凰！你们枉为这禽中的灵长！你死了吗？你们死了吗？从今后该我为空界的霸王！”

凤与凰面对这声音没有被吓倒，没有屈服，舞蹈犹如变强，终于凤凰选择投身于烈火自焚，它抛掉身上最后一片红绸——羽毛，红光四起……画外音伴着雄壮的音乐混响而来：

“听潮涨了，听潮涨了，死了的光明更生了。潮涨了，春潮涨了，死了的宇宙更生了。生潮涨了，生潮涨了，死了的凤凰更生了。”

在舞台后区十米长的红绸冉冉升起……一对凤凰再次振翅舞蹈，充满希望的背身造型看着长绸，三个男子同凤凰一起看着升起的红绸，共同咏诵充满希望的诗句：

“我们热诚，我们挚爱。我们欢乐，我们和谐。和谐便是你，和谐便是我。和谐便是他，和谐便是火……”

形象的力量把全剧推向了高潮。小品至此结束，形象地表现了凤凰涅槃的过程，但是观众感到了中华民族由灾难走向奋斗、革命，以至新生的过程。一类是不脱离诗中的作者的比喻和时代，在诗的基础上以自己的丰富想象塑造形象或意境的小品。

另一类则完全从自己对生活的感受出发，将古诗词用来比喻自己对现实生活的思考和感受，需要和大家讲的是戏曲剧本在意象情节安排或在唱词创作中常常运用这种方法。因此我们不可忽视学生在这方面的思维锻炼。如吴汶聪同学的小品《江城子》：

范例七：

【江城子】 苏轼

十年生死两茫茫，不思量，自难忘。千里孤坟，无处话凄凉。
纵使相逢应不识，尘满面、鬓如霜。
夜来幽梦忽还乡，小轩窗，正梳妆。相顾无言，惟有泪千行。
料得年年肠断处，明月夜、短松冈。

这首词表达了苏轼怀念亡妻的感情，在对亡妻的哀思中又糅进了作者对人生爱情的感慨。

吴汶聪同学感受了苏轼在这首词中对亡妻十年后的真切离别痛楚，这种对待亡妻的真情引发了自己对于“五四”时期青年一代为理想勇于牺牲义无反顾别妻离子的情感感受，她把苏轼词用到了自己感受的时代，没有直接表现词中的时代和人物，小品中没有一点与苏轼有关的形象，塑造的却是“五四”时代青年的群像。小品的开头，舞台上是纪念“五四”博物馆的群塑，一位在那个时期失去丈夫的女子，手捧围巾一边唱着：“十年生死两茫茫……”一边缓缓走上，走过一尊尊雕塑，当走到一个男雕塑面前时，她把围巾搭在他的脖颈上，于是男子复活了，他们沉浸在别离的缠绵之中，所有的雕塑都复活了，他们是战友，也是一对对夫妻，他们都有着难舍难分的情感……他们共同吟诵着：小轩窗，正梳妆。相顾无言，惟有泪千行……他们聚到了一起，在造型动作中表达了共同的理想，他们似乎想到了分别会是永久的分别，但是，他们义无反顾，他们共同朗诵着“十年生死两茫茫……”携手走向舞台后面的平台，当词的末句“料得年年肠断处，明月夜、短松冈”结束时，强烈的音乐响起，他们共同转身，冲到台口，再一次“十年生死两茫茫，不思量，自难忘”朗诵声复起，此时不是缠绵，而是铿锵！激起了观众敬仰先烈的情感，表达了导演的立意——这首悼念亡妻的诗篇，还可以反观革命人生的义无反顾！这种时代错位的比喻是她对词的理解、联想、想象后的深切感悟，用苏轼这首原词的语言力量挖掘革命志士的人性，使欣赏者更加强烈地感受到为理想而奉献出亲情、爱情离别的痛楚的情怀，这是诗词意境小品创作中的另一类“比”的手法创作。使原词的境界拓展为另外的层面。

(3) 兴——“兴者，托事于物也。”就是先说托物以引起所咏之词，并有即兴、起兴的意思，多用于诗的开头，要有一个能引起兴的具象，或者说兴是兴起，用一物来引起情思。然后使这个具象渗透进作者的感情，从而营造一种意境。在诗词的抒情方式上，“比”和“兴”往往同时并存，这样对于情感的抒发有比较丰富的形象性。

如《诗经·周南·关雎》：“关关雎鸠，在河之洲。窈窕淑女，君子好逑。”

相传雎鸠这种鸟，有一定的配偶而不乱，用它来起兴，暗比淑女具有贞洁的品德。这是一种隐而不显的暗比。

又如汉高祖刘邦的《大风歌》：“大风起兮云飞扬，威加海内兮归故乡，安的猛士兮守四方！”

这是典型地运用了“兴”的手法，以“风”起兴，直抒胸怀，气势雄伟，抒发了一代帝王的宏图壮志。

王夫之在说“兴在有意无意之间，比亦不容雕刻”，这里把“兴”作为一种境界提出来。

“兴”在“诗词意境小品”创作中，是个重要的方法，同学们在舞台形象的构思中，往往找不到“破题”的形式，就是所谓“万事开头难”，其实读诗时多注意“兴”，感悟“兴”的特色，对小品创作的开头很有益处。我们所以提出要感悟“兴”的特色，是要同学们克服生硬的开头，小品创作要学习诗词“兴”贵在“不容雕刻”、“兴在有意无意之间”的意象思维。如赵大端同学的小品《雪花的快乐》。

范例八：

《雪花的快乐》 徐志摩

假如我是一朵雪花，
翩翩的在半空里潇洒，
我一定认清我的方向——
飞扬，飞扬，飞扬，——
这地面上有我的方向。

不去那冷漠的幽谷，
不去那凄清的山麓，
也不上荒街去惆怅——
飞扬，飞扬，飞扬，——
你看，我有我的方向！

在半空里娟娟的飞舞，
认明了那清幽的住处，
等着她来花园里探望——
飞扬，飞扬，飞扬，——
啊，她身上有朱砂梅的清香！

那时我凭借我的身轻，
盈盈的，沾住了她的衣襟，
贴近她柔波似的心胸——
消溶，消溶，消溶——
溶入了她柔波似的心胸！

这首诗以“雪花”起兴，赵大端同学亦以营造“雪花”情景起头，雪花的具象渗透了什么感情呢？赵大端同学在小品构思中设置了一男一女两个少年，把“不容雕刻”的比——男女感情中最纯真时代的浪漫“在有意无意之间”“兴”起来了。

大幕在一段欢快的交响乐中徐徐拉开，舞台中间一扇镂空的窗户，两边各一张双人椅，一张面对观众，一张背对观众，就是在交响乐中一个少年和一个少女穿着厚厚的棉服戴着棉帽，手拉手跑上舞台，音乐戛然而止，他们像小朋友般的报幕，之后在音乐再次出现的同时他们在雪地里尽情嬉戏。突然，男孩自言自语地读出了“假如我是一朵雪花，翩翩的在半空里潇洒，……”，女孩又自问自答地、迷惑地读男孩读的诗，这时男孩鼓起勇气对女孩表露心声读出了“在半空里娟娟的飞舞，认明了那清幽的住处，等着她来花园里探望……”，女孩被突如其来的语言吓得躲了起来，男孩失望地要走开，就在这时女孩勇敢地用雪球击打了正要离开的男孩。此时第二段音乐出现，清脆的钢琴声随着二人目光的碰撞迸发出来，强有力的键盘敲击声既像心跳的声音，又象征着两颗美丽而青涩的心灵同时打开了。男孩和女孩在真挚的感情中读出了诗的第四、第五段，但女孩还是羞涩地跑回了家，在关门的一刹那，音乐戛然而止，场上只看到少女害羞的得意和男孩在窗外无声的呼唤，音乐渐入抒情。第三段两人绕窗而行，脱下棉帽时也褪去了年少的神情，两个时过境迁的人默默地读出诗的结尾，共同走到了窗后，定格成了一幅永恒的画面。赵大端同学把诗的段落分成几个场景依次是：第一寻觅；第二发现；第三擦肩而过；第四怀念。作为小品的台词随着剧情的变化和人物的感情分阶段地朗诵出来，最后两人各站在窗户的两面，达到一种内心似远似近、亦真亦幻的朦胧美，表现了诗的意境。学生这是运用“以兴起比”的方法，延续着“意象”思维的创作，体味了“写意”创作的美感。

用舞台形象呈现诗词的意境，这才是导演教学的目的。“诗词意境小品”往往超越诗词的具体的、有限的物象、事件、场景等，将观众带进无限的时间和空间的想象，使作品对整个人生、历史、宇宙获得一种哲理性的感受和领悟。我们讲诗词的意境就是试图通过对诗词的深层挖掘，开拓学生的高品位的“写意”创作思维。

2. 夸张。

夸张是抒情诗的常见手法，充分表现了“写意”性。如：

《古柏行》 杜甫（唐）

霜皮溜雨四十围，
黛色参天二千尺。
云来气接巫峡长，
月出寒通雪山白。

在这里四句写景，绝不是对景色写实的描述，而是借景抒发了自己的“激昂之情”。这就是诗的夸张。

抒情诗里往往运用夸张的手法，说出事实上绝对不会有的事，诗人却通过它来抒写极为深刻的感情。由于感情是真切的，所以这些事实上不会有的事在诗中也变成合理的和真实的了。也就是我们常说的“艺术的真实不同于生活的真实”，由于艺术是从生活中高度概括来的，所以比生活更集中、更高。又如大家都熟悉的李白的《蜀道难》，按照事实说，蜀道难走，总不会比上天还难，可是李白却用“蜀道之难难于上青天”的夸张，表达了跋涉人生艰难历程的强烈感情。再如李益的《宫怨》，夜不论怎样长，宫漏不论怎样滴不完，总不用把海水添进去；可是诗中却说：“似将海水添宫漏，共滴长门一夜长”，写宫漏好像接通了大海似的，水永远滴不完，夜长得没有了终期，强调“愁人知夜长”的愁苦的深切。中国古代诗词中留下了许多名句，都有夸张的特色，以生活的逻辑，好像都没有道理，却从中显出极为强烈的感情来，这就是诗词的夸张。

“写意”创作，离不开夸张的特色，我们“诗词意境小品”对于诗词的夸张往往通过音乐、舞蹈或场面调度表现出来，如丁巍的小品《痴情如雪》：

范例九：

《痴情如雪》

窗外的雪年年一样飘落，
心中的人夜夜在梦里浮现。
想忘掉，根本就难以忘怀，
就像季节不能没有冬天。
啊！苍天，苍天下面有情人，
又见雪花思故人，
心霜飞扬影相随，
痴情如雪入窗前。
天涯海角一杯酒，
痴情如雪入窗前。

这首现代诗歌抒发了作者在看见窗外的雪景时，自己想起了曾经的一段美好的感情和对这一难忘记忆向往的激动心情。“就像季节不能没有冬天。”“天涯海角一杯酒，痴情如雪入窗前。”显然运用了夸张的手法，这是在表达了不管时间怎么改变，“我”对这感情永远都保持着曾经的热情，那么，怎样将诗中的夸张与小品创作对应起来呢？怎样在小品中保留诗中的这份不变的感情在“我”的心中永远都是那么年轻那么有激情呢？

大幕在《痴情如雪》的歌曲中徐徐拉开，空旷的舞台上主人公“我”已是白发苍苍的老人，他戴着帽子、系着围巾站在舞台的后区静静地聆听着“窗外的雪年年一样飘落……”，这美妙动听的歌声，仿佛眼前又是当年的情景，激动地冲向前台念着“窗外的雪年年一样飘落，心中的人夜夜在梦里浮现。想忘掉，根本就难以忘怀，就像季节不能没有冬天……”，与此同时舞台的右后区高台上出现了一位身穿白衣服的女子，她既是象征性的“雪花”，又是老人想象中的“恋人”，老人深情地看着女孩，仿佛她就是老人曾经的那位刻骨铭心的爱人。这时歌声再次响起，老人突然把帽子、围巾甩掉，变成了年轻的小伙子与白衣女子翩翩起舞，舞蹈表现了“夸张”，这正是把握了主观对感情向往的冲动时的写意描述。当中青年男子激动地念着“啊！苍天，苍天下面有情人，又见雪花思故人，心霜飞扬影相随”，白衣女子念着“天涯海角一杯酒，痴情如雪入窗前”时，其实这就是运用了大幅度的肢体语汇将诗中所传达的老人多么想与心中如雪花般纯净的恋人如影相随的情感，化成为意象的夸张表现手段。舞蹈之后白衣女孩不见了，男青年也顿时变得老态龙钟了……他还是孤独地站在那里守望着心里的那份感情……

3. 含蓄婉转。

“诗犹文也，忌直贵曲。”相较小品要求的“忌浅露”、“忌直白”，是从另一个方面说明文艺作品的审美要求。在“诗词意境小品”的练习中，从领悟诗词的含蓄与婉转开始，是把握“写意”的形象思维中情感活动最好的切入点。

“诗贵有含蓄不尽之意。”含蓄是不把意思明确说出，含在所写的形象里。戏曲台词中常见“巫山云雨”，是含蓄地讲男女交欢。典故在哪里呢？来自宋玉的《高唐赋》，宋玉和楚襄王游云梦之台，讲神女的事，说神女“朝为行云，暮为行雨”，含蓄地把声色之乐写出来。唐代李商隐一首著名的诗《楚吟》更为含蓄：“山上离宫宫上楼，楼前宫畔暮江流。楚天长短黄昏雨，宋玉无愁亦自愁。”字面上不说“云雨”，不论是日长日短只讲神女的事，这就婉转地把楚王只追求声色享乐，不再接近贤人含蓄其中。

婉转的抒情法中有一种是由一意转出另一意，所谓愈转愈深，这种转折也是凭想象来的。不直写自己的情感，乃用环境或别人的情感烘托出来。例如《孔雀东南飞》，最得此中三昧。兰芝和焦仲卿言别，应是该篇中最悲惨的一段。但是诗中对悲呀泪呀……不见一个字，只是说：

妾有绣腰襦，葳蕤自生光。红罗复斗帐，四角垂香囊。箱帘六七十，绿碧青丝绳。

物物各自异，种种在其中。人贱物亦鄙，不足迎后人。
留待作遗施，于今无会因。

这里专向有纪念性的物件上头讲，用物来做人的象征，不说悲，不说泪。倒比说出来的还深刻几倍。戏曲唱词中也常常用这种方法。

王琳娜同学的小品创作《蒹葭》就表现了这样一种婉转抒情的意境。

范例十：

《蒹 葭》

蒹葭苍苍，白露为霜。所谓伊人，在水一方。
溯洄从之，道阻且长。溯游从之，宛在水中央。
蒹葭萋萋，白露未晞。所谓伊人，在水之湄。
溯洄从之，道阻且跻。溯游从之，宛在水中坻。
蒹葭采采，白露未已。所谓伊人，在水之涘。
溯洄从之，道阻且右。溯游从之，宛在水中沚。

《蒹葭》选自《诗经·秦风》，大约是二千五百年以前产生在秦地的一首民歌。由于这首诗的含蓄婉转，历来对内容有三种说法：一是“讽刺君王”说；二是“招贤”说；三是“爱情”说。

王琳娜在谈构思时就是感受了诗中含蓄婉转的美，她说：“人人都有美的记忆，这首诗就是写终其一生也无法实现的美，含蓄的意境使自己感动。”于是她要把最终没有得到过的，但是活在鲜活的记忆中的美——“那何曾不是另一种美”的立意用小品表达出来。

小品的开头未见其身先闻其声，黑暗中孩子稚嫩地念着“蒹葭苍苍，白露为霜。所谓伊人，在水一方。溯洄从之，道阻且长。溯游从之，宛在水中央”。灯光亮起时就看见一个孩子趴在左侧台口，远远看见空旷的舞台上，绘有芦苇水墨画场景出现在上场门第三道景片和下场门第一道景片，舞台正中的底幕是一层薄薄的纱……孩子念罢全场回归黑暗，此时传来缥缈的画外音

“蒹葭苍苍，白露为霜，所谓伊人，在水一方”，与此同时泡泡分别从两侧的四道幕中吹出，《在水一方》的音乐起，与此同时纱帐后的“伊人”——一个女子开始舞蹈，一位老人拄拐杖从右侧第三道幕出，嘴里念着“蒹葭苍苍，白露为霜。所谓伊人，在水一方……”，突然老人发现了“伊人”在舞蹈，看着远去的“伊人”老人惆怅地念着“溯洄从之，道阻且长……”，老人在急切地寻着、寻着……隐去；画外音（男声）出现“蒹葭苍苍，白露为霜。所谓伊人，在水一方”……暗转中舞台上出现了两个三级阶梯与舞台成对角线摆放，阶梯后“伊人”的造型，男舞者（青年）从下场门一道幕深情款款地出现，与“伊人”翩翩起舞，他们无忧无虑尽情地跳着，直到青年倒地……此时的老人一脸茫然若失地又由右侧第一道幕缓缓走出向左侧调度，孩子手拿芦苇边走边吟“蒹葭苍苍，白露为霜……”由右侧二道幕出，走向台前。老人则慢慢地走向后方背对观众。孩子下。老人走向台前，缥缈的画外音“蒹葭苍苍，白露为霜，所谓伊人，在水一方……”，此时的“伊人”在纱帐后旋转着……这个小品以老人的回忆和孩子的鲜活的对比传达了导演“留在心中，终其一生没有实现”的美，向观众传达了含蓄婉转的意境。

4. 直率奔进。

与前面“含蓄婉转”相反，诗词中还有一种特色。我们引用梁启超在《中国韵文里头所表现的情感》几段话说明：“向来写情感的，多半是以含蓄蕴借为原则，像那弹琴的弦外之音，像吃橄榄的那点回甘味儿，是我们中国文学家所最乐道。但是有一类的情感，是要忽然奔进一泻无余的，我们可以给这类文学起一个名，叫做‘奔进的表情法’。例如碰着意外的过度的刺激，大叫一声或大哭一场或大跳一阵，在这种时候，含蓄蕴借，是一点用不着。”

例如《诗经·蓼我》：“蓼蓼者莪，匪莪伊蒿。哀哀父母，生我劬劳。”

“父母死了，悲痛到极处。‘哀哀……劬劳’八个字，连泪带血迸出来。”昆曲《宝剑记·夜奔》表现林冲极其悲恸的唱词中“父母的恩难报——劬劳！”就化用了《诗经·蓼我》的情感写法。

又如：“风萧萧兮易水寒，壮士一去兮不复还。”

“荆轲行刺秦始皇临动身时，他的朋友高渐离来送他，只用两句话，一点扭捏也没有，却是对于国家对于朋友的万斛情感，都全盘表现出来了。”

"凡这一类都是情感突变，一烧烧到'白热度'，便一毫不隐瞒，一毫不修饰，照那情的原样子，迸裂到字句上。讲真，没有真得过这一类了。这类文学，真是和那作者的生命分劈不开——至少也是当他作出这几句那一秒时候，语句和生命是迸合为一。这种生命，是要亲历其境的人自己创造的。所以这一类我认为是情感文中之圣。"（梁启超《中国韵文里头所表现的情感》）

在"诗词意境小品"的练习中，2002 班戴鸣同学据《夏日绝句》创作的小品《乌江题》就是捕捉了直率奔进的风格。

范例十一：

《夏日绝句》　李清照

生当做人杰，
死亦为鬼雄。
至今思项羽，
不肯过江东。

项羽是中国历史上一位失败的英雄，但是他宁死不过江东的气节，被历代所传颂。女词人李清照在北宋面对大金的侵略节节败退时，写下了这首千古名篇《夏日绝句》。

大幕拉开，舞台后方横向放着五面大鼓，一身着白衣的古代女子手上拿着一本书缓缓地走向大鼓，她回旋于大鼓旁，感怀着过去的战场，不觉悲从中来吟诗："生当做人杰，死亦为鬼雄。至今思项羽，不肯过江东。"女子在厚重的古琴声中隐下。此时原来就定格在场上的 8 个身穿铠甲的兵马俑随着古琴的节奏，渐渐地复活了，他们挥舞着手臂，变化着队形……突然底幕从中分开，走出一位将军，他冲向正中的那面大鼓，拿起鼓槌，由慢渐快地敲打着大鼓，另外 4 个兵马俑随着大鼓的节奏声也来到了四面大鼓前，同样的敲击大鼓，剩余的 4 个兵马俑穿梭于大鼓之间，仿佛是在准备行军前的操练……最后只有将军一人在敲击大鼓，其余的士兵时而横向、时而纵向、时而斜排地变化着队形，多种节奏，与古琴相衬显得非常雄伟、壮观，一种英雄气概、项羽精神油然而来，五面大鼓的敲击者在鼓声中交替地朗诵诗句……最后在群鼓齐鸣整齐划一的“四击头”中8个兵马俑集体造型“亮相”，直率奔进地强化了诗中的情境。

又如曹操的《观沧海》，仅仅写映在他眼中的海景，他自己对着这景的情感一句也不说。但读起来，那宽阔的胸襟、豪迈的气概，直率奔进，可以时时鼓舞读者的胸怀。2003班童舟同学创作的小品《观沧海》捕捉了曹操诗的风格，用“反观”曹操“东临碣石”和曹操年轻时的形象，展现了一个伟大的政治家、军事家、诗人的境界。

范例十二：

《观沧海》 曹操

东临碣石，以观沧海。
水何澹澹，山岛竦峙，
树木丛生，百草丰茂。
秋风萧瑟，洪波涌起，
日月之行，若出其中，
星汉灿烂，若出其里。
幸甚至哉，歌以咏志。

小品没有开始之前，我们就看见有六块白景片两块一组合并着纵向成直线地放在舞台的正中间，把舞台分成了三个层面。小品在波涛汹涌的浪涛声中展开，伴随着音响声只看见苍老的曹操迈着老态但不失威仪的步伐来到了两块白景片前。他看着茫茫大海心中波澜起伏……不觉冲口而出“东临碣石，以观沧海。水何澹澹，山岛竦峙，树木丛生，百草丰茂……”。突然一声厚重的古琴声把台前合并的两块白景片划开了，老人急速地来到了空空如也之地，接着继续激动地念“秋风萧瑟，洪波涌起，日月之行，若出其中，星汉灿烂，若出其里。幸甚至哉，歌以咏志”。当最后一句念出的同时节奏稳健的鼓声大作，年迈的曹操隐下，第二组合并的两块白景片缓缓地拉开，四个身着铠甲的士兵站在四面大鼓前激昂地敲击着战鼓鼓动着士气……就在此时最后两块白景片拉开，六级台阶上面站着一位身披大红战袍、腰挎宝剑的年前将军，他伴随着战鼓声，挥舞着长剑，指挥着战场，意气风发、斗志昂扬……此时我们看见的实景是年轻的曹操指挥着千军万马，实际是我们感受到老年的曹操，虽然年老但还是满怀壮志……最后在天籁般的声音中一位白衣翩翩的美丽女子款款走来，与年老的曹操瞩目相望……白衣女子是曹操“志”的升华……小品抓住了曹操《观沧海》一诗的气势和风格，直率奔进地用舞台形象宣泄出来。

5. 精炼。

精炼性是诗词又一特性。

精炼是对丰富的概括，将丰富的生活、丰富的景象、丰富的感受、丰富的想象、丰富的情感凝聚为精炼的艺术语言表达出来，就是诗词的特性。

庄子在《外物》中说：“筌者所以在鱼，得鱼而忘筌；蹄者所以在兔，得兔而忘蹄；言者所以在意，得意而忘言。”庄子对于解决言意间矛盾的论述，无论对于诗歌的创作、欣赏和对戏曲的创作、欣赏都具有极大的启示。

就创作而言，作者因为“言不尽意”，就要努力探寻一种以少总多、“意在言外”的表达方法。这除掉充分利用语言文辞的工具之外，还要借助比喻、暗示、象征等方法调动人们的想象、联想来表情达意，完成形象创造，领略作品的意境。

这里不仅说明了精炼是诗词的特性，而且还说明了“写意”美学的精炼特质。这也是我们要从诗词中去感悟的。捕捉到精炼的特质，对于“诗词意境小品”的创作训练非常有益。

如2003班黄怡同学小品《远和近》。

范例十三：

《远和近》　顾城

你，一会看我，一会看云。

我觉得，你看我时很远，你看云时很近。

《远和近》是一首表现特定心理的审美情趣而有些朦胧的诗，表达含蓄、精炼，而内容深刻。诗人透过表层形象着意揭示了一种心理距离的远和近。人与人，虽然近在咫尺，但心理却存在各种隔膜与不可逾越的鸿沟，因而觉着“很远”。而人与云、人与大自然却能沟通感情，因而觉得“很近”——亲近、融洽。诗人运用象征手法，表现了心理距离与物理距离的不和谐，表达了对人与人之间良好关系的追求与向往。

大幕拉开，我们仿佛身临其境地来到了一个童话的城堡，两块白景片上贴满了童话中的城堡景片，随着房门的打开，出现在大家面前的是两块长方条贴放在台中形成的一个木偶的舞台，没有任何的人。突然苍老的声音出现了：“你，一会看我，一会看云。我觉得，你看我时很远，你看云时很近。”接着是稚嫩的女孩子的声音出现并疑问地念着：“你，一会看我，一会看云。我觉得，你看我时很远，你看云时很近。”女孩的声音刚落，两块长方条后面出现了一个老奶奶的木偶，她移动着身体，舞动着手脚，慈祥地念着“你，一会儿看我……”，接着又出现了一个小女孩的木偶，她也移动着身体，舞动着手脚，依向老奶奶木偶的怀里嫩嫩地念着“你，一会儿看我……”，接着她们又轮念、齐念……当木偶隐去的同时，手里拿着木偶的老奶奶和小女孩的真人从城堡景片后走到了台前，再次相互交流着念诗，至此诗的内涵、哲理、意境被导演用精炼的舞台表演形式表现出来。这种用木偶来体现诗词的手法可谓精妙。这样的体现给人一种童话般的美感，深刻地揭示了表面悖谬而实际合理的现象。

以上我们是从诗词的抒情的特性和方法中讲述了“写意”的创作思维，目的是启发、帮助我们更好地进入“诗词意境小品”的教学和创作的实践过程，获得戏曲导演必备“写意”的素质积累，为戏曲导演打下扎实的基础。

思考题：

1. 你怎样理解诗词的意境与境界？诗词表达意境有哪几种形式？
2. 从上述营构诗词意境的方法实例中你得到哪些构思小品的启示？

第三节 小品构思与排练

实际上，在选诗词的过程中构思小品的思维已经潜入了。在这一节里我们要讲的是“诗词意境小品”创作的构思要点和排练要点。

构思。简单地说，构思就是学生以自己选定的诗词内容为出发点，什么立意、什么形式、什么形象、怎样呈现在舞台上（包含一些还不成熟，但已经引起自己冲动的舞台调度）的全部构想。这是非常具体的导演创作思维的实际训练。

教学中强调的要点是什么呢?

可以用这几句话来概括小品构思：生活是基础，立意是根本，行动是手段，形象是目的。

一、生活与立意

（一）开掘两个生活

前面已经讲过，“诗词意境小品”在导表演基础教学各类小品课程中，是含有二度创作性质的导演教学。准确理解诗词相当于将来导演创作中的准确理解剧本。因此以正确的思想方法导入“诗词意境小品”的构思，对于导表演基础教学更为重要。这里提出的“开掘两个生活”是构思的基础。

所谓“开掘两个生活”是指教学中引导同学自觉地深入、研究“诗”的生活和自己的生活。

诗的生活包括两个方面，首先是诗人（诗词作者）所处时代的社会生活和诗人（诗词作者）个人的生活。另一方面是诗词表现的生活。

诗人所处时代的社会生活和诗人个人的生活似乎更重要。每个诗人都生活在不同的时代，不同的时代都有不同的社会生活。毛泽东说：“一切文学艺术的产生都是一定的社会生活在作家头脑中的产物。”这个论断很精辟。如果不了解诗人时代的社会生活，怎么能准确理解诗呢？另外，同处一个时代的诗人，所作的诗词又有不同，每个诗人（诗词作者）都有着不同的生活经历，每个诗人（诗词作者）有着不同的创作思维（包括世界观、人生观、艺术观），如果对诗人（诗词作者）的这一切不了解，也不可能准确理解作品。在“写意”创作中，好像作者的想象更为重要（尤其对于一些浪漫主义的作品）。

但是，“写意”创作不是脱离生活。《礼乐》一书中就说得很明白：“凡音之起，由人心生也。人心之动，物使之然也。感于物而动，故形于声。”很清楚，这里除了强调艺术创作是“心”有所感，由“心”而生，又强调了“心生”之源——“感于物而动”。这就是我国传统美学的“物感说”。

沈达人先生在论述“物感说”时说：“物感说认为，人们对客体事物在思想、情感上有触动、有感受，行之于一定的文艺形式，文艺作品就产生了。这与模仿说有共同点，都承认艺术是对生活的反映，都把客体物象作为艺术反映的依据，都要求艺术家有感于物，总之，都承认客观世界是艺术反映的基础和对象。”这就十分清楚地说明了“生活”对于“写意”即意象性的创作同样是重要的。“物感说”的“物”就是生活。诗人对诗的创作，来自于诗人对当时时代生活的体验、理解、概括和提炼。“诗词意境小品”创作是以诗词为文本的创作，不研究诗人的时代的生活和诗人的生活，便不可能准确理解诗词，更不可能扎实地进入小品构思的轨道。

诗词是人类丰富的文化艺术宝库，流传下来的基本是经典作品。每一首诗都植根于丰厚的社会历史土壤，每一首诗都会成为我们研究那个时代历史和文化的种子。比如，若选中《诗经》的某一首来创作小品，就必须对《诗经》中“风”、“雅”、“颂”分类及依附的社会生活去了解和研究。

比如“风”是反映先秦时期地方生活的乐调。“风土之音曰风。”（南宋郑樵）。“风”有周南、召南、邶、鄘、卫、王、郑、齐、魏、唐、秦、陈、桧、曹、豳（音 bīn，今陕西彬县、旬邑一带）十五国之“风”。各“国风”都是本乡土来自普通老百姓创作的乐调，从这里可以充分感受到公元前 11、12 世纪中国广袤的疆土上，不同的领域内闪烁的思想开放、喷薄四射的社会生活景象和西周初期分封诸侯、奴隶制兴盛时期的历史生活；由此可以清楚地理解“风”对人性质朴的吟唱、劳动愉悦的欢歌、战争灾难的哀叹、美好理想的追求内容。

以“风”为文本的小品构思中人物形象往往是古代的下层劳动者。突出的实例是 2004 级李佳同学的小品《上邪》，用两个现代青年恋人走到战国时代的遗址，看到了那个时代三对新婚热恋中的情人，迫于战争而分别。质朴的爱情情感呼声和信物，信件的形象、物件所展开的情节，都要有对那个时代的考证，作品中那个时代底层劳动者执著纯朴的男女爱情生活才可能生动、活泼、逼真地展现出来。

继《诗经》后，把诗词推向顶峰的是《楚辞》，了解《楚辞》又必须对西周中叶以后长江流域的荆楚文化形成的历史进行了解和研究，要对屈原为了理想而不屈不挠苦斗的生活经历和心路历程进行了解和研究，才能读懂诗人直面现实政治、忧国忧民情怀、爱憎分明的灵魂心声。

在这类小品的创作中较突出的是2005级的刘宇同学的《国殇》，他有感于屈原的一首祭祀为国捐躯将士的祭歌，研究了那个时代的生活，通过祭祀、战争、缅怀等场面的展现，表现了春秋战国时代为保卫祖国不屈的抗争，将士的鲜血、百姓的泪水，在刀光剑影中雄浑悲壮的瑰丽斑斓用舞台形象呈现出来，由于对生活有了研究，小品展现时不失浓烈的战国时代特色。

又如唐诗是中国诗的巅峰。唐诗发展分为初、盛、中、晚四个阶段，唐代诗人离不开唐代盛衰的历史生活。有的同学以一些唐诗中的名句来选诗，我们就要求必须研究那个时代的生活，而不能就“句”有感而发地构思小品。像王勃的名句“海内存知己，天涯若比邻”、卢照邻的名句“得成比目何辞死，愿作鸳鸯不羡仙”等，都表现出了盛唐时期政治开明和思想解放的生活。小品的形象组织，对人生价值的感悟等等，都要放到盛唐时代。

另一方面是要研究诗词所表现的生活。在诗词中相当一部分是诗人“怀古”或“借古喻今”，面对这类诗词我们对诗词中的“古”的生活不但要了解，还要研究诗人引古的立意，由此才能准确、清晰地用舞台形象营造诗词的意境。

如2003级卞晓菲同学以李白的《越中览古》创作小品。原诗是：“越王勾践破吴归，战士还家尽锦衣。宫女如花满春殿，只今惟有鹧鸪飞。”李白写了战国时代吴越争霸的历史，我们就要求学生既要分析李白的历史观，又要研究春秋时代吴越争霸的历史。小品中的勾践、范蠡都很具体生动，排出了有较强历史意境的小品。不了解诗中的时代，小品的舞台形象是不可能生成的，更谈不上传达李白诗词的意境和底蕴。

总之，一首诗就是诗人的一定社会生活的反映，读懂一首诗必须读懂诗人的生活，读懂了诗中反映的生活，这样也就读懂了与诗词有关的历史。在

"诗词意境小品"教学中的"讲诗词"过程中，要求学生必须讲诗人的生活、诗人的历史，诗中表现的生活，是构思小品意境的先决条件，因为搞不清楚诗词的历史背景和生活，就没有小品的舞台形象。导演学的专业是扎实、严格的学问，从它的基础课起，必须懂得二度创作的每一步不能离开文本的生活依据。步入导演艺术殿堂，需要丰厚的文化底蕴，需要熟悉人类各时期的历史。"诗词意境小品"为学生播撒诗词的种子的同时也在播撒导演创作途径的种子、播撒历史知识的种子，使这门课程成为戏曲导演积蓄文化底蕴的导演基础课。

然而，是不是搞懂了诗词的生活，就能够进入构思了呢？不是，诗词只是诗人的生活，你为什么选中了那首诗词？诗人的哪些诗句和自己发生了碰撞？为什么发生碰撞？——其实这种碰撞来自于自己的生活，有意无意都是同学自己对生活的感触。我们在教学中要求大家将这种感触深入地开掘，这就是我们所说的"自己的生活"。任何文艺作品的创造都不可能离开生活，毛泽东说："生活是一切文学艺术创作的源泉。"同学们是生活在今天的时代去选择诗词。时代在不断前进，现代社会是物质丰富文化多元的社会，现代生活的特点是信息飞速发展、生活色彩斑斓、艺术瞬息万变。考入艺术院校的学生，不仅仅是求学的学子，而且还代表着这个社会的最活跃、最有生气的年轻一代，不可能不把社会上的以及自身的感受带到教学中来，这又构成学生的生活特色。当然，现代生活的特色，又可能带来艺术创作的负面，那就是浮躁、急功近利，其实这就表现为对生活缺乏深入的思考和认识。作为导演基础教学，不能允许对生活仅停留在浮光掠影的感触，和"与生俱来"的"跟着感觉走"的肤浅创作态度上。所以我们要求同学们读到自己有所感触的一首诗时，要抓住感觉，随着自己的触角认真去探求一下，是现实生活中的什么使自己和诗发生了共鸣，认真思索一下研究一下，挖掘一下自己的灵魂，挖掘一下社会的灵魂，和诗和诗人进行反复的灵魂对话，"两个生活"的开掘也就由此而深入了。

形象思维完成的过程就是将实际生活的现象升华为形象化的艺术生活；将生活中的人创造为艺术形象的人……这是一名导演必须学会在自己生活与艺术之间建立的思维活动。"诗词意境小品"和"观察生活小品"训练在艺术与生活的关系是相同的，不同点是：第一，“诗词意境小品”是“写意”的，要感悟“意象思维”的创作规律；第二，“诗词意境小品”是二度创作，凡二度创作都要研究两个生活，这是导演创作的规律。因此开掘两个生活是进入小品构思的第一步，是创作的基础。

（二）在对生活的感悟和思索中确定立意

这里的“立意”是指学生在小品构思时自己的立意。立意清晰不仅是这一环节教学中要解决的首要问题，也是将来导演工作遇到每一个剧目要解决的首要问题。因此，我们在导演基础教学的每一个小品创作中要反复锤炼大家准确立意的能力。

“诗言志”中的“志”就是诗人的立意。立意有多重要呢？明末清初的戏曲理论家王夫之在《姜斋诗话》中论诗时说：“无论诗歌与长行文字，俱以意为主。意犹帅也。无帅之兵，谓之乌合。李、杜所以称大家者，无意之诗，十不得一二也。烟云泉石，花鸟苔林，金铺锦帐，寓意则灵。”

“把定一题、一人、一事、一物，于其上求形模，求比似，求词采，求故实；如钝斧子劈栎柞，皮屑纷霏，何尝动得一丝纹理？以意为主，势次之。势者，意中之神理也。唯谢康乐为能取势，宛转屈伸，以求尽其意，意已尽则止，殆无剩语；夭矫连蜷，烟云缭绕，乃真龙，非画龙也。”

我们来看这两段话的关键词：“意犹帅也”、“寓意则灵”、“以意为主，势次之”，这里的“意”首先是立意（当然也包含了“意象”的内涵）。我们在完成“背诵诗词”到“读诗词，选诗词，讲诗词”，大约对经典诗词中“诗言志”——“立意”已经有所体会。然而，诗词意境的小品创作，是自己的创作，你为什么要选择这首诗进行创作？你要向观众传达什么？这是小品构思中的关键。小品的“立意”难道和诗词本身的立意有什么两样吗？是的，诗词是前人创作的，小品是自己创作的，立意当然有所不同。如同我们前面讲的“两个生活”，我们自己做小品，不是复述诗词，而是自己通过对自己生活的体验与诗人的生活和诗词中表现的生活的碰撞才有自己的创作。这就是在小品构思时的立意。

导演的终身事业是“排戏”。对于一个戏来说，“立意”就是“主脑”。李渔说：“古人作文一篇，定有一篇之主脑。主脑非他，即作者立言之本意也。”

又说："凡作伟世之文者，必先有可以传世之心，而后鬼神效灵，予以生花之笔，撰为倒峡之词，使人人赞美，百世流芳。传非文字之传，一念之正气使传也。"这里讲的"立言之本意"、"传世之心"、"一念之正气"讲的都是"立意"。这与"诗言志"中的"志"是同样的道理。

高尔基1912年在给斯坦尼斯拉夫斯基的信中说："艺术家是这样一种人，他善于探讨自己个人的——主观的——印象，从其中找出有普遍意义的——客观的东西，并善于把自己的形式赋予自己的观念。"这段话是徐晓钟老师在导演教学中经常引用的一段话，他的解释是：这对于我们今天的舞台实践也是非常亲切的。在某些演出中，常常令人感到导演实际上没有自己的观念。绚丽多彩的形式掩盖不住一个事实——导演实际上只是客观地、冷漠地复述剧作者的观念。导演惯用别人的思想（比如评论文章中分析的思想）来构成某一种"观念"；导演有时候坚持某一种思想，但是可能并非如高尔基所讲的是"有普遍意义的——客观的——东西"。二度创作需要在正确的实际观指导下，根据生活来形成真正是自己的观念。有时候导演有了这个观念，却只能给予它一个因袭下来的形式，有时候甚至是生吞活剥地拿别人的形式给予自己的观念。对作为二度创作的导演应该提出这样的要求——"用真正是自己独创的形式赋予自己的观念"。徐晓钟老师这里讲的"观念"体现在创作构思上首先是立意。为什么导演是一个专门的艺术门类而不是剧本的直译，最早表现出来的就是从立意上反映出来的，是要有自己对剧本终极价值的思考和对生活人生的根本意义的思考，形成从不同的层面、不同的维度和不同的视角传达出对生命体验、意义求索和理想追求的观念，也就是立意上的深化。观念、意义和"立言之本意"、"传世之心"是首要的。这就是我们讲的立意。

二、舞台形象与舞台行动的丰富想象

想象是文化艺术的特质。想象力是导演的最基本素质。"丰富的想象"将伴随导演艺术创作的一生，从我们专业基础训练的第一课开始，就伴随着"丰富的想象"。"诗词意境小品"作为导演基础课程，它是以创作为出发，又以舞台的成品展现创作思维和方法的，因此小品构思的每一步都离不开丰富的想象。"诗词意境小品"创作的想象的特点是有文本的再创作，也就是说构思中的想象是在诗词文本制约下的想象。诗词文本本身就具备丰富想象的品

格，从中体会诗词的想象诱发和调动自己的想象，这是在小品基础课中第一次接触带有导演特质的想象。通过教学实践，证实了这种想象不仅没有束缚学生的想象力，而且是最有力的开发。教学上引导学生的要点是：

（一）沿着对两个生活的研究、思考、认识（前面讲的诗人和诗中体现的生活和自己的生活）引发丰富的想象。学生的作品中出现的诗人形象、诗中描述的形象、现代人的形象，或几种人物形象的交错，都是自己沿着对生活的思考产生的丰富想象。

（二）在感受诗词的“意象”——“写意”的思维和方法的同时发挥自己的丰富想象，意象思维有着可以感受得到的表达方法、运用的手法、思维的规律。比如“赋、比、兴”、夸张、含蓄等方法、手法等；比如从“心有所感”到意境生成的思维规律等。从另一个角度也可以把这些称为诗词的程式，但是对于艺术创作而言，“程式有规律，创作无定法”。（焦菊隐语）前人创作的规律、方法可以引发我们的想象，但决不能成为今人想象力的束缚。

（三）在舞台形象的创造上展开丰富的想象

“诗词意境小品”课题对学生有一个明显的制约：除诗词本身外，不许出现任何台词。这就将导演的想象逼到了一个死胡同——舞台形象的胡同。一般说适宜做小品的诗词中都蕴藏丰富的形象，在小品构思中，我们强调诗的舞台形象，首先是人物形象，接着是景物形象，景物形象在舞台上表现为空间形象，两种形象都来自丰富的想象。想象的依据是诗词文字，是自己由诗词感悟的生活，是由二者碰撞产生的自己的立意。但是构思小品的要求决不是诗词的直译，也不是自己对生活感悟的台词，而是运用舞台形象把以上三者融合为可以呈现的意境的形象。因此这个想象必须是丰富的。它包括舞台形象的想象（人物形象、人物设置、物件运用、舞台样式、舞台调度、灯光运用等）、音乐形象的想象、诗词语调、节奏变化等等一切可以构成舞台形象的想象。换个角度说，就是把诗词文字中蕴藏的形象转化为舞台上可视、可听的具体形象的一切想象。

这些形象的构思是具体的，是可以用舞台展现的，是能够表达意境的。在以后导演创作的生涯中，处理对白、唱词、舞台调度、舞台节奏等都比较容易找到抓手，唯独意境处理只能来自导演诗化般的丰富想象，当然导演创造意境只能依靠舞台形象。“诗词意境小品”训练的目的就是用舞台形象呈现意境。

(四) 组织舞台行动是呈现舞台形象的基本手段

形象怎样在舞台上展现？导演训练中怎样让观众认识和感受自己创造的形象呢？这又回到了导演创作的最基本手段——组织舞台行动。对舞台行动的组织的训练就是从导演构思开始的。诗词是用文字描述形象的，文字是诗人的工具；导演是用立体形象表述自己感受的，形象立起来只能靠行动，即在舞台上“动起来”的形象，所以说组织舞台行动是导演的基本手段。

德国诗人歌德有一段话，对于诗和舞台剧做了比较性的概括：“我们把几种渊源接近的诗歌种类区别开来……我们可以区分史诗、对话、戏剧、舞台剧等。史诗要求一个人对公众做口头传述；对话是在有限的范围内的谈话，当然公众可以参加旁听；戏剧是伴随着行动的谈话，尽管这种谈话只是在想象力中进行着；舞台剧则是结合三者，它使视觉也一起活动，并且是要通过某些地点和在场任务的实体条件去领会的。只有对于视觉同时也具有象征意义的事情，才能有舞台性：一个重要的行动，这个行动暗示着另一个更重要的行动。”

舞台行动是导演、演员为实现人物愿望、欲望或追求而为人物设计的系列活动，包括语言和动作。语言部分实际上是由剧作家完成的，导演学习主要训练的是在语言基础上构成丰富的动作，组织与语言内涵、逻辑、韵律相一致的形体行动。

在导演基础第一课的学习中，我们训练学生对符合生活逻辑的行动的丰富想象和对行动的组织能力，“观察生活小品”学生也要有语言创造（有行动性的语言），而在“诗词意境小品”的创作上，我们把构成小品的人物语言创造禁止了，这样做的目的是：1. 首先让学生严格地感受导演的二度创作，舞台形象、形式展现的一切都受诗词严格制约；2. 人物语言创作禁止后把学生逼到了必须思考运用舞台行动的死角；3. 由于诗词的文本的特征，学生必然在理解把握“写意”范畴内的人物行动的创造和营造意境上展开丰富的想象，提高戏曲意象创作的思维能力。

“诗词意境小品”形象的创作和行动的组织是相辅相成的，由诗词而产生的人物，可能是具象的也可能是抽象的、象征的、符号式的。这一点观众在看作品时很快会接受，但是人物行动的组织却必须依照小品设置的人物逻辑（生活的逻辑、意象的逻辑、意象思维中的生活逻辑）丰富地展开、强烈地展开，细腻地展开、闪光地展开，观众看到舞台上的人物，都关心他的目标和走向，这就是关心着人物的行动，只有在与人物相对立的目标和走向时的形象产生时（包括人物、物件、环境）观众的注意力才会被集中，这就是行动与反行动的对抗，就是戏剧冲突，冲突激发人物的新行动，新行动又产生新冲突，直到导演的立意被观众感悟和接受。这既是导演的方法又表现为戏剧的本质。在这点上，“写实”和“写意”是相通的，不同的是二者的思维方式，“诗词意境小品”是意象思维训练中的组织舞台行动。

雨果说：“戏剧应该是一面集中的镜子，它不仅不减弱原来的颜色和光彩，而且把它们集中起来，凝聚起来，把微光化为光明，把光明化为火光。因此，只有戏剧才为艺术所承认。舞台是一个视觉的集中点。世界上、历史上、生活中和人类中的一切都应该而且能够在其中得到反映，但是必须是在艺术魔棍的作用下才成……研究历史，尽力再现事物的真实……用富有时代色彩的想象来充实他们的漏洞，把他们任其散乱的东西收集起来，把人类傀儡下面的人为的提线再接起来，给一切都穿上既有诗意而又自然的外装，并且赋予它们以产生幻想的、真实的和活力的生命，也就是那种现实的魔力，它能激起观众的热情。”雨果的这些描述正是我们“诗词意境小品”在创作构思中经过视觉形象丰富想象后，落实舞台形象的过程。

（五）展开音乐和舞蹈的想象，初步尝试以歌舞营造意境的创作实践

在我国古代的美学的认识上，诗与音乐是一体的，诗来源于上古时代伴着歌谣的有节奏的情感呼声。《诗经》有“心之忧矣，我歌且谣”，孔子说“兴于诗，立于礼，成于乐”。至于“词”更是先有音乐的曲牌，而后依音乐格律“填词”。戏曲是在诗、乐基础上发展起来的艺术，因此诗、乐、舞的融合最显著的表现为戏曲的特质。在“诗词意境小品”的训练中，首先是音乐元素的融入（在话剧导演的基础课程中把音乐和音响并列，放在二年级的小品中训练，作为戏曲导演的实践教学，距离戏曲特质的间隔时间太长了）。我们必须选择合适的课题，使学生在接触戏剧行动的同时感受音乐元素的重要，

“诗词意境小品”就是这样的课题，在这个课题教学中，理性上不要提出过多的要求，主要把握在诗词小品的构思中展开对音乐与诗词的必然联系，由此展开丰富的想象，成为构成小品不可缺少的元素，经过这轮教学，学生通过实践便获得了较比充实的感性认知，这也为二年级“音乐、音响诗词意境小品”教学打下扎实的基础。

对于诗歌与音乐的结合，美学奠基人康德有这样的论述：“在诗的艺术之后我要按放音乐的艺术，如果我们从事心情的魅力与活动，这种艺术是在语言的艺术里最接近于诗的，因此也很自然地和它相互结合着。因为它固然没有语言而是通过感觉来诉说，从而不像诗留给我们某些从事思想的东西，但它却更丰富多样地激动我们的心情，虽只是一过即逝，却更深入内心。”在这里东西方的认识碰头了，相同论述揭示了诗词与音乐相融的规律。如果说这种规律在学生背诵诗词时还没有得到体现的话，在“诗词意境小品”构思时非常自然的要涌现出来，因为构成小品主要依靠舞台形象、行动、感情，小品中禁止了除诗词以外的台词，那么用什么把形象、行动、感情联系起来呢?当然是音乐。学生在小品构思时会非常自然地产生对音乐的运用。

比如前面列举的吴佳斯同学的小品《游子吟》，在构思中她的第一个感觉就是充满情感的似水柔情般的音乐，在音乐声中启光……这个构思开幕的画面调度已然营造了游子心中——饱含对儿子质朴情感的天下人心中“母亲”的境界，试想如果失去了音乐，这个意境立刻失去了情感的支柱，学生在寻找音乐时，换了好几支曲子，最后落定《二泉映月》，在落实排练时，又筛选了多个版本，确定了独奏版。音乐选对了，演员的表演一下子就准确地进入了。小品的高潮部分是五位母亲臂挂着衣裳，持伞远望，舞台的调度是五人拥向左侧台口，儿子则在她们斜对角的后面回首凝视……显然《二泉映月》的旋律不能完成这一组动作的情感冲击，于是学生转换了《烛光里的妈妈》的歌曲音乐，节奏、旋律的变化，产生了巨大的情感冲击力，观众的热泪涌上来了，这是诗、行动、音乐融合的力量，三者缺一不可。在行动陡转时音乐起到了关键作用，学生在自己的实践中懂得了音乐在营造意境中运用的重要性。

舞蹈，是审美规范化了的有组织、有节奏的以人的肢体动作表达语言和情感的艺术形式。如前面列举的戴鸣同学的《乌江题》，学生以秦代兵马俑的舞蹈表现“生当做人杰，死亦为鬼雄”的气势和意境，从开始的造型、复活，到待命、出征；与飘然的音乐、鼓声、浑厚的音乐结合为一体，这里充分表现了视觉艺术中造型和舞蹈的力量，小品的气势离开舞蹈的元素，无法展现。这就使学生在自己的实践中懂得了舞蹈在营造意境中运用的重要性。

德国的莱辛在论音乐、诗、舞蹈的差异和结合时这样说：“把多种的艺术结合在一起，以便产生一种综合的效果，这种可能性和难易程度就要随这些艺术所用的符号的差异而定。”“诗与音乐的结合就属于这一种，自然仿佛不仅注定它们要结合，而且注定它们要成为同一种艺术。”在谈到诗与音乐结合的规律时莱辛又说：“音乐的符号是能打动感情和表达情感的先后承续的音组。文字的人为符号则不然，它们本来就有所指（即表达），作为人为符号的个别单音在诗中可以表达出很多的东西，如果要让音乐去表达，就非用一个很长的音组不可。从这里就产生了一条规则：诗在要和音乐结合时就不能很凝练，它的美就不在于用尽可能少的字去表达出最好的思想，而在于用一些最长的最柔软的字，用音乐所用的那种拖长方式，把每个思想表达出来，才能产生某种类似的效果。”“随着诗与音乐的这种最完善的结合之后，就是诉诸听觉的先后承续的人为的符号与诉诸视觉的先后承续的人为的符号二者的结合，这就是音乐与舞蹈的结合，诗与舞蹈的结合以及原已结合的音乐和诗再与舞蹈结合。”莱辛把诗、音乐、舞蹈的融合细化了，这与我国在汉代《毛诗序》这样总结的“咏歌之不足，不觉手之舞之，足之舞之也”完全相同，表现了人类在这一类艺术中探求到了共同规律。“诗词意境小品”就是为了培养同学们的掌握这种艺术规律能力的课题。

三、适于小品形成的诗词

是不是所有诗词都适合做“诗词意境小品”呢？不是，因为这类小品是学生初次用舞台形象锻炼“写意”能力的实践，我们对小品又有只能组织形象和行动、不准有台词的限制，因此相对来说，在选取诗词方面基本可以确定以下原则：

(一) 诗词中蕴含较鲜明的形象

如:

1. 春色满园关不住，一枝红杏出墙来。——宋·叶绍翁《游园不值》

2. 日出江花红胜火，春来江水绿如蓝。——唐·白居易《忆江南》

3. 山重水复疑无路，柳暗花明又一村。——宋·陆游《游山西村》

4. 花间一壶酒，独酌无相亲。举杯邀明月，对影成三人。

——唐·李白《月下独酌》

5. 衣带渐宽终不悔，为伊消得人憔悴。——宋·柳永《凤栖桐》

(二) 诗词中蕴含一定的哲理

如:

1. 无可奈何花落去，似曾相识燕归来。——宋·晏殊《浣溪沙》

2. 无边落木萧萧下，不尽长江滚滚来。——唐·杜甫《登高》

3. 花开堪折直须折，莫待无花空折枝！——唐·杜秋娘《金缕衣》

4. 欲穷千里目，更上一层楼。——唐·王之焕《登鹳雀楼》

5. 不识庐山真面目，只缘身在此山中。——宋·苏轼《题西林壁》

6. 江山代有才人出，各领风骚数百年。——清·赵翼《论诗》

(三) 诗词中蕴含冲突和事件

如:

1. 感时花溅泪，恨别鸟惊心。——唐·杜甫《春望》

2. 前不见古人，后不见来者。念天地之悠悠，独怆然而涕下！

——唐·陈子昂《登幽州台歌》

3. 春蚕到死丝方尽，蜡炬成灰泪始干。——唐·李商隐《无题》

4. 永巷长年怨绮罗，离情终日思风波。湘江竹上痕无限，岘首碑前洒几多？人去紫台秋入塞，兵残楚帐夜闻歌。朝来灞水桥边问，未抵青袍送玉珂！——唐·李商隐《泪》

5. 醉里挑灯看剑，梦回吹角连营。八百里分麾下炙，五十里弦翻塞外声，沙场秋点兵。——宋·辛弃疾《破阵子·为陈同甫赋壮词以寄之》

另外，近似“赋”的叙事长诗，如：

1. 孔雀东南飞，五里一徘徊。十三能织素，十四学裁衣。十五弹箜篌，十六诵诗书。十七为君妇，心中常苦悲。君既为府吏，守节情不移……

——《汉乐府民歌——孔雀东南飞》

2. 唧唧复唧唧，木兰当户织。不闻机杼声，惟闻女叹息……

——北朝民歌《木兰诗》

较宽泛的以景喻情诗，如：

1. 问君能有几多愁，恰似一江春水向东流。——南唐·李煜《虞美人》

2. 少小离家老大回，乡音无改鬓毛衰。儿童相见不相识，笑问客从何处来。——唐·贺知章《回乡偶书》

3. 葡萄美酒夜光杯，欲饮琵琶马上催。醉卧沙场君莫笑，古来征战几人回。——唐·王翰《凉州词》

4. 秦时明月汉时关，万里长征人未还。但使龙城飞将在，不教胡马度阴山。——唐·王昌龄《出塞》（其一）

5. 渭城朝雨浥轻尘，客舍青青柳色新。劝君更尽一杯酒，西出阳关无故人。——唐·王《维送元二使安西》

可以允许学生摘取其中诗词段落。如：屈原《离骚》、《国殇》。

四、排练要点

排练要点，是指构思通过后，在排练实践中，指导学生时应当把握的教学基本点。学生由“写实”训练（第一个“观察生活小品”作业）进入“写意”排练时，往往摸不着头脑，但是学生的构思和追求是丰富多彩的，帮助学生通过舞台形象实现自己的构思，才能增长他们的能力和信心。仅仅按照书本的理论指导实践，就可能陷入模式化的舞台样式、程式化的表现手段。这里用得上岳飞的一句话“用兵之妙，存乎一心”，导演实践教学是综合自己的理论、概念、经验、心得投入再创作的过程，因此在这里只讲几个要点。

（一）用“心”大于用“脑”

这里不是指人体解剖学意义上的“心”、“脑”功能，而是说创作的意识和感觉。

首先应当从诗词创作的“本于心”理解。“心”是指诚心，真心，挚心，童心。大多数同学们这一时期对自己的创作是真诚的，在指导学生实践时，教师的“心”更重要，以诚心、真挚的心对待同学们的创作，使学生感到教学是在艺术创作的同一起跑线，无形中鼓励了学生的激情和信心。同时自己也把已有的经验、模式当做面对时代的新挑战。

“脑”是指自己已掌握的理论、经验，已有的能力。有“心”在前，“脑”就成为一潭活水。把老师的“脑”化在与学生心灵碰撞上，就是作品时代的火花，就是作品的鲜活，就是学生对理论要点的把握，就是能力的增长。

（二）注重以人物形象塑造营造意境

任何戏剧（包括戏曲、影视）都是以人物形象塑造为最高诉求，剧本的主题思想、编导者的立意都要通过人物形象传达出来，“诗词意境小品”的排练中导演如果刻意追求“意境”而忽略了人物的塑造，“意境”也是苍白的。

当然，这类小品的人物塑造和写实类的小品有很大的不同，在具体人物的设置上可能有符号式的，可能为了诗词内涵中的“志”与“情”、为了创作者立意，但是无论从哪个角度，只要设置了人物，就必须扎扎实实地把这个人物形象确立到位。

比如2005班刘宇同学的小品《国殇》，从楚国的祭祀场面开始，这个“场面”主要由巫师和跪拜的诚男信女共同体现，这五个人物虽没有起名字，但表现的是屈原诗中对为国牺牲将士的崇敬和虔诚，因此巫师的塑造要真实还要有先秦时代以巫为神圣的庄重感，导演对那个时代的这类人物要研究，每个动作要设计准确，要求到位。四个祭祀人物的设置，运用了戏曲以一当十、当百的虚拟性和假定性手法，但他们不能是戏曲“龙套”的符号性的标准，必须是充满屈原诗中的情感，从跪拜、匍匐拜到几个组合造型，都是活生生楚国人民的具体形象，这组人物在小品的结尾撒纸钱、簇拥屈原而上，有着贯穿行动的延续，因此他们的塑造必须是内心体验与外部行动的统一。这个小品的中心是楚国将士为国征战英勇不屈的场面，借用了戏曲的“开打”和舞蹈的程式，六个人拉动三条八米的长绸交错舞蹈，象征为国而战涌动的血泊，在这血泊中冲天而起的长水袖舞蹈象征着屈原的情怀，但是导演对于每个参加表演的演员必须是屈原《国殇》情感的外化，要有严格的内心体验，尤其是一个战士踏着战友的血迹把战旗撑到最后，在血泊中一股晶莹洁白的颂诗冲天而起的设计，所有的意蕴和境界都是通过人物塑造来体现的。看过这个小品的老师、同学、专家、观众回忆这个小品的意境，首先浮现的就是这些栩栩如生的人物。从这个角度说，意境的产生首先是人物形象的塑造，这点是要在排练的教学过程中必须牢牢把握的。

（三）丰富的、有机的、贯穿的、语汇性的行动是“诗词意境小品”的主体

戏剧（包括戏曲）区别于其他艺术门类的本质是舞台行动，这一点在导演教学的每一个环节都必须牢牢抓住，不可忽视。这在前面已经着重讲过了，在具体排练中容易出现的问题是忽略人物行动的贯穿性，失去行动的有机性。由于“诗词意境小品”是写意思维的构思，学生往往会产生随意性较强或过多运用灯光，忽略组织有机舞台行动的锻炼，这是需要教师注意把握的，人物关系的建立、舞台画面的形成都是人物行动的结果。写意和写实虽然有着不同的处理原则，但是作品都是要通过活人在舞台上的行动演出活的故事达到意境的表现。当然，在“诗词意境小品”中，我们并不刻意地强调事件和冲突，依据诗词和小品的构思，可能事件是淡淡的，冲突是内在的，但是行动是积极的、鲜活的，由此构成的画面才会是有语汇、有意境。如2002班涂雨铮的《生查子》。

范例十四：

【生查子·元夕】

去年元夜时，花市灯如昼。月上柳梢头，人约黄昏后。
今年元夜时，月与灯依旧。不见去年人，泪满春衫袖。

这首词用了极平淡的语言描绘出情人幽会时的温馨、甜蜜和物是人非、旧情难续的悲凉。该词的妙处在于能够让人读完后再屏气凝神的冥想之中，给人留有很大的想象空间。学生是以现代人反观这首词的构思展现小品的。她对现代的思考是在爱情上古今相通，对美好爱情的向往之情不只是在古代才有，直至今天人们对理想爱情的追求也是相同的。小品是以一把伞构成一对恋人的语汇开始，以情感的起伏勾勒出五对恋人交错的画面，又以一对恋人为典型组织舞台行动，展开情节的转、和，形成全景式的写意形象，缠绵

的情感和轻盈的舞台调度，给人以优美意境，围绕着伞和人，两起两落，最后收光落于空旷舞台的一把伞上，意蕴无穷。这是不能用“写实”的真实来衡量的。人类的情感是一种能动的结构，对于这种结构，不能直接用逻辑的推理去理解。原词中有很明确“景”的对比，也衬托出对“情”的渴望，所以学生用了一把伞作为道具来贯穿这古今相通的写意情感。如宗白华所说：“艺术意境的创构，是使客观景物作我主观情思的象征。”这种写意的处理就将导演的立意和词中所传达的情景很自然地交融起来，用舞台形象把原诗的意境表现得更为动人。文本当中的情感有现代人再现和主观形象思维的表现，只有写意手法才能使其高度结合。

在导演基础教学中，教师必须在意识上把“舞台行动”确立为重中之重，经过小品创作的反复锻造，组织舞台行动才能潜移默化地变为学生自己的能力。

（四）引导学生用“写意”戏剧原则多维地处理舞台空间

其实，随着时代的发展，即使是话剧舞台，现在也很少以“摹象”戏剧观出发，要求舞台空间创造生活幻觉的真实。然而，写实的舞台空间对于训练学生创造人物真实的体验是必不可少的。在前一阶段教学中的“观察生活小品”训练，我们完全遵循了摹象戏剧观的写实舞台空间处理原则。然而，对于戏曲导演来说，从“意象”的戏剧观出发的写意舞台空间处理要比前者更重要。但是，在进入导演学习时，开始就从“意象”出发，一是学生的创造会太随意（或只拘于戏曲的程式）；二是不利于训练学生在表演中，心无旁骛地体验人物；更重要的是会脱离艺术源于生活的轨道。

进入诗词意境小品创作，尤其是到了排练立戏的阶段，以什么原则处理舞台空间就上升为非常具体的问题。诗词的写意性和构思上意象思维的要求就决定着空间处理必然是写意的。那么写意空间处理的原则是什么呢？

1. 表演以“体验”人物为本，即使是运用了舞蹈或歌唱，也必须进入人物的内心活动的体验，摒弃一切只有程式、没有内心的表演形式。所有空间的转换都是来自演员真诚的表演。

2. 舞台空间设置和景的结构（包括空间的暗示、支点和物件的象征等）主要根据小品构思的立意、意境的追求；比如前面提到的范例《快乐的雪花》，空间的设置是舞台中心一个镂空的窗片，两边两把双人椅，一张面朝观众，一张背朝观众，空间布置非常写意、空灵、干净，不仅如此，当这些写意的空间与一条红色的围巾同时出现时，诗词中那种清凉、纯洁的世界里有一棵灿烂的"朱砂梅"盛放的意境扑面而来。

3. 舞台空间设置和景的结构（包括空间的暗示、支点和物件的象征等）的写意处理，既要服从立意又要符合生活的内在逻辑。比如前面提到的范例《回忆》，开场中间有扇镂空的窗户，四把椅子各自放在舞台四角，空间简练。当四位老人迈着老迈的步伐，手托酒杯分别坐到四把椅子上的时候，这里体现的是他们在自己家里甜美地回忆着童年往事。虽然是四度空间，但是窗户又是共用的。但是当这四把椅子往台中聚拢之后，舞台便是他们曾经的学校，他们在这里快乐、淘气、捉弄学究等等的一切都变成了现在回忆的点滴。

4. 舞台空间设置和景的结构（包括空间的暗示、支点和物件的象征等）要和观众的认识和审美达成默契。比如前面提到的范例《乌江题》，开场就是各个兵马俑定格在舞台上，五面鲜红的大鼓摆放在舞台正中的后方。随着音乐的变化，兵马俑渐渐复活，它们根据鼓点节奏的变化不断地变换形体造型，使观众好像身临其境在那个兵荒马乱的年代。但当这些兵马俑们最后造型定格在那，一位身着古装的女子手拿古书激动地看着这些兵马俑的时候，观众立刻与舞台达成默契，他们也接受到了，其实他们感受到的只是李清照内心的世界，而不是真正的那场战争。

我们设置"诗词意境小品"是用来开拓戏曲导演思维的课题，戏曲的写意在舞台空间运用上有许多程式，如果单用这些程式训练导演，很容易僵化。因此我们用这个课题把舞台空间的戏曲程式打散，灵活、鲜活地运用到创作中去，以获得能力上的真正增长。

（五）情感的冲击力

在形象思维过程中，思维主体始终伴随着强烈的情感活动，情语能以转折为含蓄者，唯杜陵居胜，在学生理解了生活的基点后，要立即引导他们感受诗人的情感。一首诗形成的思维过程中，诗人的思维主体始终伴随着强烈的情感活动，情感活动是思维主体以情感体验的形式，把思想情感渗透进各类表现的对象当中。诗是生活对诗人心灵产生强烈情感撞击的产物，所以在接受诗人给自己的形象感觉时先要感觉给予自己情感的撞击点；而自己对诗的形象感觉是来自自己在生活中什么样的情感。这样学生谈出的构思不仅为诗词的内容所激动，更会为自己的开掘和真情实感所激动。小品的成功与否，和是否具备情感冲击有很大的关系，当然情感的产生总是以抓住戏剧冲突为基础，我们把情感作为“诗词意境小品”一个标准，在实践中就必然引导同学对戏剧许多基本元素的感受。

思考题：

1. 通过本节的学习，你认为创作一个完整的诗词意境小品需要哪些步骤？
2. 诗词的立意与导演的立意有什么不同？二者如何统一在一起？
3. 小品构思和排练中的丰富想象要围绕什么中心展开？

第三章　音乐、音响，诗词意境小品

音乐、音响，诗词意境小品是我们以“诗词”为引线三段式教学的最后一段。通过第一章、第二章的学习过程，大家对以诗词为母本的写意创作思维有了一个初步的感悟。同学们经历了第一轮“诗词意境小品”创作实践，从中得到了与“写实”的话剧导演训练元素完全不同的体会，比如人物形象的设置、舞台行动的组织、舞台调度的运用、诗词意境的创造等等。如果大家回顾一下，和第二学期的事件小品、画面小品做个比较，会有“别是一番滋味在心头”的感受。“音乐、音响，诗词意境小品”就是继续这种感受，把只表述舞台意境的格式转化为用完整的舞台故事，用人物、情节、事件、冲突表现诗词意境的格式。

“音乐、音响”是戏剧（尤其是戏曲）中有着特殊功能的艺术成分，是导演创作必须掌握的两种艺术元素，需要我们把它放到诗词意境的课题中来训练。话剧导演教学对这一元素的提炼，是为了丰富“写实”体系的表现力。而音乐与戏曲却有着休戚相关的生命联系。音乐、诗词、戏曲有着相同的表现主义的特质，都是属于写意的美学范畴。我们将“音乐、音响”和“诗词意境”融合在一起，可以更好地为戏曲创作思维打下基础。

在教学中，我们明确地提出以诗词文本为基点，以训练音乐、音响的导演元素为目标，二者汇合在一个交叉点上的教学要求。在教学大纲上我们明出："学生的构思和创作必须以择定的诗词为母本或基点，构思排练一个写意的、有故事、有情节、有事件的完整小品。诗词文本应成为情节结构的主要依据。其中音乐或音响在小品中必须作为揭示人物心理、解决戏剧矛盾冲突和体现思想情感内涵的重要元素；要求作品能够展现诗词和音乐相对应的意境。"

由此可以明确"音乐、音响，诗词意境小品"是在"诗词意境小品"课题中加入了导演对"音乐"、"音响"把握的艺术元素，使它以写意的形式体现出来，从这个角度说"音乐、音响，诗词意境小品"是具备两种导演元素的融合的小品训练。那么在实际操作中"音乐、音响"与"诗词意境"究竟以哪个为主导呢？这一轮小品是"诗词意境"写意创作的延续和深化，以诗词为依据是主，是"帅"，是根本；而"音乐、音响"是导演基础中必须训练的元素，是这一轮小品的教学要求，是"将"。

在第二章中，用了较大的篇幅论述了诗词意境的创作和教学要求，第三章是这一基础上的深化，教学要求放在后面谈。下面先从音乐、音响讲起。

第一节 音乐、音响

对于舞台艺术来说，音乐、音响表现为听觉（声音）艺术。大家都知道一切戏剧艺术（包括戏曲、影视）都是视、听艺术的综合，听觉艺术是"视觉"相对的另一部分。听觉（声音）艺术在舞台演出中表现为三部分：人声、音乐、音响。对音乐和音响的使用和把握是导演必须训练的元素。

那么，听觉艺术有什么特性呢？

"听觉感受具有时间性、个别性和积极性。"①

时间性：是说声音通过时间的维度对人的内心起作用。

个别性：是说声音来自物体本身的，在接受者（观众、听众）来说，他要分辨这声音来自哪个物体。

积极性：黑格尔的一句话表述得最清楚："听的个别性常常使比较确定的东西带上迷人的色彩。"

① ［前苏联］Ю. 克列姆辽夫：《音乐美学问题概论》，人民音乐出版社 1983 年 2 月版，第 123 页。

话剧舞台艺术中的听觉艺术主要是生活声音的再现，这在人声（台词）表现得最清楚（台词是话剧的主体，台词的基础和它应当具备的艺术性不在本章节论述）。但是音乐的本身，它不是“生活的再现”，而是表现的艺术、心灵的艺术。它具备抽象性、意象性的特征。话剧里除了在剧情中人物需要歌唱或剧情中牵涉到的音乐仍是属于“生活再现”外，其余音乐的出现都是导演的主观意识的表现。总体说来，音乐在话剧中的运用，只是辅助。当前有些话剧运用音乐力度加大了，表现了话剧艺术向表现主义美学方向的拓展。

至于音响，在生活的声音中个别性和积极性的特点很明显（如：刮风、下雨、打雷、爆炸声、炮声、枪声、汽车行驶声、火车行驶声、飞机飞行声等等）。它和话剧“再现主义”美学原则是统一的。我们要认识的是在话剧舞台把音响提炼为艺术元素时，具备了导演语汇的性质。

对于戏曲来说，在音乐和音响的使用上，其实和话剧有着相同的方面，但是由于二者演出形式不同，就产生了不同的差异，差异主要表现在音乐对于话剧是再现生活的辅助，对于戏曲却是表现生活的主体。音响对于话剧是“生活再现”在舞台上的艺术夸张，戏曲不但有对生活音响模拟的艺术夸张，还有变形和象征。

下面我们分别叙述。

一、话剧中的音乐、音响

（一）音乐

音乐不是话剧的主体，话剧音乐只能为剧本情节发展，为刻画人物形象，为深化主题思想的需要而存在，否则就失去了它存在的意义。因此，话剧音乐要在剧本思想内容和艺术形式的制约下，在戏剧场景和舞台设置所提供的舞台空间与舞台时间的局限下，并在统一的风格体裁和演出构思的指导下，进行音乐的创作和使用。这种音乐是属于综合性戏剧艺术的范畴，话剧对音乐的需要不是需要它独立存在的价值，而是需要音乐成为依附于话剧的一个艺术因素。换言之，在话剧这门演出艺术中，剧本是基础，表演是主体，音乐连同音响效果，在创作过程中所完成的则是辅助性的任务，这是话剧艺术综合性的特点所确定了的位置。

然而，这并不能贬低音乐在话剧演出中应有的价值，它在这个综合艺术中又是不可或缺的重要成分，它可以发挥其他艺术成分所不能替代的、动人心弦的艺术魅力。因此在学习导演艺术中掌握和运用这一元素时，就提炼成了“音乐、音响小品”的训练课题。既然要学习它、运用它，就应当弄懂它的性质。

我们先看看音乐的一般特性。

抽象性：音乐是人类情感的抽象，是表达人类情感的特殊乐音流动的形式，“音乐不能叙述和说明你是什么人，但你心灵的一切活动，只要是明确的，它都能再现出来，表达出来”。①

意象性：有感于情，生于心，是人心灵对生活的感悟，是传达情感的内容的形式，是表达情感的强度的形式。

因为音乐具备了这样的特性，就给话剧艺术带来其他元素不能替代的功能。

请看话剧中的音乐：

1. 补充、烘托全剧主题，深化剧本思想。

话剧的主题与思想，主要靠戏剧的情节、冲突和人物的行动来揭示。音乐在此基础上予以补充、烘托和深化。过去，有些专家曾主张在话剧中少用音乐，随着“新戏剧十年”的发展，音乐在话剧中被越来越多的导演运用在创作中。比较突出的实例是徐晓钟老师执导的话剧《桑树坪纪事》。这个戏是以滚雷的音响效果开头的，接着鸣锣敲鼓的音响伴着两个村的村民向老天爷驱逐雨的呐喊和对骂的行动在舞台上展开了。嘈杂的音响声、对骂声伴着节奏愈演愈烈，观众感觉到了冲突，也开启了“这是为什么”的思考。此时导演并没有沿着舞台再现生活的方式叙述下去，先是一种深沉浑厚的音乐进入观众的听觉，接着舞队在四面八方拥上舞台起舞，同时传来歌声：

中华曾在黄土地上降生，
这里繁衍了东方巨龙的传人。
大禹的足迹曾经布满了这里，
武王的战车曾在这里奔腾。

---

① 张仲年：《戏剧导演》，海峡文艺出版社 1995 年第 1 版，第 160 页。

穿过一道道曾紧锁的山峰，
走出了这五千年的梦魂。
历史总是提出这样的疑问，
东方的巨龙何时才能猛醒。
尽管前面有泥泞的路程，
尽管有多少山峰需要攀登。
总是这样不断的自问，
总是这样苦苦地追寻。

歌词与剧情没有直接的联系，但似乎在暗喻着全剧开头冲突的答案，又像是呼唤着即将全剧中展现的主题。仅在歌唱和音乐中，我们就感到了“在黄土地上降生”的民族“东方巨龙何时才能猛醒?”——歌词中一层一层深入的寓意，音乐中一浪接过一浪的强烈情感，使我们渐渐感受到了这个戏的风格、体裁和要叙述的故事。——音乐点名主题的作用在这里显现出来。

有歌词的歌唱一旦给人留下深刻的印象，当歌词不在时，音乐承载了比有歌词的歌唱更有情感的力量。这个戏在情节发展中每个关键时刻都会出现这段音乐。比如在全剧的第二段落，在农忙时麦客们为出卖自身劳动力而谋生时，就是踏着这个音乐来到桑树坪的。音乐在揭示这种延续农耕经济几千年的传统下将要展开的主题。

麦客月娃与桑树坪的彩凤就在割麦过程中产生了对自由恋爱的向往，这与桑树坪村长李金斗的封建式的统治和农民的观念发生了严重的冲突。怎样才能把这些冲突推向观众的思考呢？就在彩凤与月娃争取自由恋爱的交往时再次出现了这段音乐……

在月娃被桑树坪的村民暴打，被迫离开桑树坪时，这个音乐又涌现出来……这个音乐就为全剧赋予了相同或相反的哲理思考。

紧接着的情节就是当傻子福林的父母想为福林娶婆姨、背着福林把妹妹卖到外村时，福林为了寻找与自己相伴十几年的妹妹而到处问人，又没有人理睬他的时候，这段音乐又出现了……

福林娶回了婆姨，但是当被村民戏弄福林懂不懂什么叫“一起睡觉”的情节时，福林粗野地扒下了自己婆姨的衣裳……音乐再次被推出，农民的那种落后粗野、对女性的歧视、愚昧，都在音乐的驱使下和着转动的玉石裸体女子的雕像构成了强烈的视听冲击力……

全剧的另外一个情节就是所谓的“反革命”王志科被污蔑为杀人犯，而父子不能够正常相认，王志科带着儿子走到看不到边际的黄土地，走向孩子母亲坟头的时候，这个音乐再次响起……王志科经过了几番的思想斗争又不肯离开他和他爱人共同生活的黄土地时，音乐又再次响起等等。

“贯穿全剧的主题歌以主题音乐将三大部分二十余个片段凝成了一个整体，形成了形式、结构的支柱”。“全剧中凡是发生令人震惊、震撼人心弦的事件之后，主题歌或主题音乐相继出现，结合着各种舞蹈场面和戏剧场面，一次又一次累积式地加深着你的印象。人们终于发现这一个又一个的悲剧并非单纯的个人命运问题，而是这一个群体与大自然穷困、人祸的艰苦卓绝的抗争、搏斗，也是这一个群体锁闭、愚昧、保守、残忍的小农经济文化的自残!”① 这是一个音乐在全剧中烘托主题、深化主题思想的一个明显的实例。

2. 烘托人物思想感情、展示人物之间关系。

音乐是一种抽象地表现感情和情绪的艺术，但它在话剧中却能够烘托人物的思想感情和精神状态，表现导演处理对某一事物应有的态度和感情，变成揭示出剧中人物之间的关系及其冲突实质的导演语汇。

如在话剧《桃花扇》中，李香君和侯朝宗初次会面于秦淮河畔的楼台时，他们长时间的相视出神、相对无言，情意缠绵的音乐悄然而入……发展到戏的后半部，李香君逃难到山中的葆贞庵，在卧榻养病，突然，分别两载的侯朝宗来到了！两人又一次的相见，秦淮初遇的音乐再次响起……衬托出李香君饱经战乱、离别、思念的悲喜交集之深情，但是，当她猛然见到侯朝宗脑后拖着的是一条长辫时，柔美、抒情的音乐顿时戛然而止，继而奏出了悲愤、刚毅的旋律，两段乐曲造成了强烈的对比，预示着人物关系的陡变，在音乐鲜明对照中，揭示出了人物之间誓不两立的破裂关系，导向了人物之间矛盾冲突的尖锐化，推动了情节的迅速发展，音乐为整个悲剧的结局作了有力的

---

① 张仲年：《戏剧导演》，海峡方艺出版社 1995 年第 1 版，第 169 页。

渲染和铺垫。

情绪性音乐在话剧的演出中运用得十分广泛，它在话剧音乐中占有重要的位置。借助这种音乐，可以展现出人物感情的特质，补充人物思想的延伸与深化，表达出人物难以用语言来展现的复杂的内心生活。

3. 推动剧情发展，促使事件形成。

话剧音乐能够起到推进舞台行动、展开戏剧情节以及促使舞台事件的形成等作用，这种音乐在演出中的出现，有时它本身就是戏剧中的一个事件或情节，它表现了音乐可以推进戏剧情节发展的功能。

比如山西省话剧院排演的话剧《立秋》，就有两处实例：一是马洪翰、许凌翔两家因商业利益而联姻的一对不幸儿女。马瑶琴在绣楼上苦等许昌仁六年，这是个重要事件，舞台上出现的时候是马瑶琴把绣楼的窗子推开：唱出了晋中民歌：

弯弯的月儿挂夜空，
小妹妹（我）在绣楼上数星星，
星星啊星星你告诉我，
小妹妹（我）何时下楼挂红灯？

虽然是一首民歌，但包含了封建陋俗对女性残酷束缚和瑶琴被关在楼上六年的痛苦。既有人物的行动，又有强烈的情感。为后面发展起来的新一代青年冲破牢笼的贯穿情节铺垫了浓重的一笔。在第四场时马瑶琴以为可以结婚了，身着婚装、盖头，手持红绸下楼后，事件陡转，许昌仁有了自己的未婚妻，就在马洪瀚怒吼："春兰、秋菊，扶瑶琴小姐上绣楼！大不了一辈子不下楼！你们都给我走！走！海阔天宽，自由去吧！"盛怒而去时，瑶琴第一场所唱的晋中民歌旋律再次悄然而入，马瑶琴还没有念台词，音乐已经把戏剧的语汇表达出来，在音乐中马瑶琴缓缓道出了心声："昌仁哥，六年前你走的那个晚上，奶奶和娘送我上绣楼，长长的甬道，好像总也走不完……"这一大段台词，是音乐把第一场的事件贯穿起来，情感贯穿起来，导演揭示主体思想的语汇也充分烘托出来。

二是马洪翰的儿子江涛，弃商学戏离家出走数年，在第五场戏时，因唱戏回到家中，父子俩相认，是在“票戏”中展开，两个人扮演《清风亭》中父子的角色，晋剧的音乐、唱腔整段被切入……导演从另一个角度阐释了“人生如戏”和封建道德禁锢人生的时代，这段戏曲音乐的运用使得事件的处理既不生硬又意蕴深远，给观众留下了深刻印象。

这种音乐，我们把它叫做“情节性音乐”。情节性音乐已经属于剧本结构的范畴，它的最显著的特点就是直接纳入剧本结构之中，成为情节发展中的关键性环节。

不难看出，每当音乐出现在一句关键台词或一个重要动作时，就能起到应有的强调和渲染的作用。同时，凡是被音乐所强调了的台词和动作，更能吸引观众的注意力，并引导他们去琢磨和咀嚼被强调了的台词和动作的内容，获取更多的感受和印象。

4. 加强时代气息、描绘特定环境、表现民族特色。

任何一部话剧作品，总是离不开作家所要反映的特定时代、民族和地区，因此，如果在演出中配置适当的音乐，则有助于加强时代气息、民族特色及地方色彩的鲜明性。

最突出的实例是北京人民艺术剧院的话剧《古玩》，全剧的开场我们听到的是京剧打击乐“匡才才……”几乎近三分钟的演奏，似乎像戏曲武戏开始的“起霸”的锣鼓，【长尖】、【四击头】、【回头】等都在其中，全剧启光、剧中人物的过场等都在打击乐中展开，后面每幕、场的间隔也是打击乐。初看是标新立异，细品却别有意蕴。《古玩》全剧中贯穿的商场如战场，以至后来日本侵略者的铁蹄踏入的确像一出“武戏”——“起霸”的开场锣鼓有语汇；故事发生的时代、地点是20世纪30年代前后的北京，也正是京剧最兴盛的年代，剧中又有京剧隐含的情节，这样京剧的打击乐就把时代、地域、民族的色彩鲜明地勾画出来。

实际上，时代特征、民族特色和地域、地方色彩三者是紧密联系在一起的。在话剧音乐中，通过一首歌曲或一支乐曲，能把它们融汇于旋律的一体之内加以表现，如在前苏联《大雷雨》、《无罪的人》等演出中，运用的民族音乐带来了浓郁的俄罗斯情结；在易卜生的话剧《培尔·金特》演出中，采用了古老、淳朴的挪威民歌，把我们带入了北欧风情……等等。因此，音乐本身就包含了这三者的因素，既体现出时代特征和民族特色，又展示出地域、地区及地方的色彩。

(二) 音响

音响在话剧中又称“音响效果”。音响是指生活中物质运动时发出的声音，效果是指在戏剧中可以达到一定功能的种种舞台音响。如秋虫的低吟声，瑟瑟的秋风声，滚动的马车声，铮铮的伐木声，沉郁的闷雷声，打夯的号子声，火车的奔驰声，闪雷、沉雷、隐雷、滚雷、霹雷和小雨、阵雨、暴雨等等。音响在话剧中的作用与音乐在话剧中的作用几乎相同，但是在话剧的舞台听觉艺术中音响同人声一样，都是以“再现生活”为美学原则的创造范畴，因此在话剧中音响的运用比音乐更有普遍性。音响效果成为话剧创作中密不可分的艺术成分，导演尤其重视将自然现象中的音响加以提炼，进行艺术加工。运用到作品的关键处，增强深刻的内涵和意境及整体演出的艺术魅力。

舞台音响效果在话剧演出中的作用是很突出的，比如：

1. 舞台音响效果能够增强舞台行动的语汇，并合理地证实演员的表演，刺激人物的行动。

演员的表演在戏剧演出中占着最中心的地位。而融合音响效果的舞台行动，往往会产生强烈的语汇。教学中一般都引用《茶馆》（北京人民艺术剧院演出）的实例。如第一幕中，当差于“善扑营”的二德子，气势汹汹地冲进茶馆，向常四爷寻衅闹事，一脚踢翻了长条凳，把桌上的盖碗撸到地上摔碎，并动手欲打常四爷，这时吃洋教的马五爷，突然从茶座的一角发出一声断喝：

“二德子，你好威风!”

二德子一瞧马五爷，于是便松下手来，转身向马五爷打秋千，随即跟着打手们退入后院。常四爷见到马五爷制止了这场风波，便走近他说道：

“这位爷，您圣明，您给评评理!”

马五爷慢慢吞吞地站了起来，毫无表情地回答：

“对不起，我还有事，再见!”

接着，他戴上洋式礼帽径直往大门走去，茶馆掌柜王利发急忙凑上前请安说：

"五爷，我照应您！"

话音刚落，即刻从远处传来一阵阵教堂钟声，他立时站定，肃立，脱下礼帽，在连续不断的钟声中，十分虔诚地画了个"十"字，然后戴上帽子，径直走出了大门。这个"教堂钟声"的音响效果，震撼了台上所有的人物和台下的观众，大家都感受到了天主教势力随着帝国主义入侵中国后，就连一个靠吃洋教的小人物，都能征服在满清拿官饷的人，殖民地的统治，令人不寒而栗。在这里教堂钟声的音响效果，恰到好处地配合了演员的表演，真实的信念感刺激了马五爷所做的站定、肃立、脱帽、画十字、戴帽等一系列动作，成为这一系列行动的完整语汇。

2. 舞台音响效果，可以渲染人物性格的鲜明性。

如《茶馆》一剧中的秦二爷（秦仲义），他是这座茶馆的房产主、民族资本家，年轻时阔绰豪富盛气凌人，目空一切，一心开办工厂，向往实业救国。导演设计了他骑着一匹高大、健壮的骡子，从远处奔驰而来，走进茶馆为第一次出场，这个设计首先是通过音响效果表现的：骡子的足蹄踏击石板路的声音以及响亮的串铃声，由弱到强，戛然而止，高昂的骡叫声传来……他满面春风，得意洋洋地步入了茶馆。目中无人地巡视着已有的房产。秦仲义年少气盛、踌躇满志的个性一目了然。

而作为秦仲义对手的庞太监是在缓慢的马蹄踢踏声和车轮滚动声中行进，加上喧嚣的吆喝声的音响效果中处理第一次出场，这就将一个末代王朝的太监总管，在宫中权势显赫，拥有万贯家财，虽已年逾花甲，老朽陈腐，但以讲究排场显示高贵，以镇压"戌戊政变"的胜利者自居的骄横、玩世不恭的性格烘托出来。

如果删去这两个人物出场前的音响效果，不知道要费多少笔墨和时间才能把这两个人物的鲜明形象塑造出来！这就是音响效果渲染人物性格不可替代的作用。

3. 音响效果，能够烘托人物的心理状态，丰富人物的思想感情。

话剧《屈原》（郭沫若著）第五幕第二场中，有一段著名的独白"雷电颂"，由于南后及奸臣们的阴谋诬陷，致使屈原被罢黜流放。他含冤受辱，漂泊四方，在乌云滚滚不见天、黑夜茫茫无尽头的逆境中，他面对着暴风、雷雨，激昂地引发出了大段的独白。当屈原愤怒地向天控诉的同时，音响效果爆发出了巨大的霹雳声，狂吼的暴风声，以及划破夜空的闪电光，有力地渲染了屈原对腐败朝政的愤怒，对人世间颠倒真理的不平和他那忧国忧民的思想感情，并表现了他“富贵不能淫，贫贱不能移”的铮铮铁骨精神。如果没有风、雨、雷、电的音响效果，人物激烈的思想感情的抒发就失去了应有的强度。

4. 舞台音响效果在演出中的运用，有时能够直接促使舞台事件的形成，推动剧情的发展。

中国儿童艺术剧院演出的话剧《以革命的名义》，其中有一场戏是描写了孤儿雅什卡正在室内悠闲自在地拉起手风琴，唱着赞颂列宁的歌曲。正当他自拉自唱时，突然从远处传来了一阵紧接一阵的警报声，接着许多工厂的汽笛声也相继鸣响，室内的人们听到这些骤然而起的声音，停止了歌唱。打破了平静的空气，立刻紧张而行动了起来……有一个伙伴急匆匆地从外面跑入室内，震惊地向大家说：“同志们，列宁被刺了！”在场的人听到这个严重而不幸的消息后，都惊愕得呆立不动了。在这瞬息的停顿中，混杂交响的警报声和汽笛声，愈鸣愈强烈，人们确信这一巨大的事件发生了，于是含着极度的悲愤，蜂拥地冲出大门……导演在这段戏中，通过各种音响效果的运用，从侧面表现列宁被刺的事件，实际上已在舞台上促成了“被刺”的事件，推动了剧情向前发展。

这种音响效果已经起到情节的作用，甚至它本身就是一个新的事件，成为剧本结构中不可缺少的环节而出现于舞台演出中。

5. 舞台音响效果在创造特定的环境、描写剧情发生的地点和时间方面可以发挥特殊的功能。

话剧《茶馆》虽只写了三幕戏，但却描述了长达五十余年的历史变迁，经历了从 1898 年到 1948 年间的“戊戌政变”、“军阀混战”及解放战争三个时代，怎样形象地表现三个特定时代的跨越和生活环境，是很大的难题。北京人民艺术剧院在演出此剧时，导演与设计家巧妙地选用了三个不同时代的典型交通工具的音响效果为主要表现手段，鲜明地创造出了每个特定的时代与环境特点：

第一幕运用了牛拉水车的铃铛声、马拉轿车的奔走声、走骡的踏蹄声和串铃声，以及木轮滚动的“吱扭”声，烘托出了晚清时期的社会环境。

第二幕突出了在街道上来往穿行的人力车夫的吆喝声和车铃声，来说明当时东洋车刚刚引进中国的军阀混战的年代。

第三幕的音响效果则以十轮大卡车的横冲直撞、军用小吉普车的招摇过市所发出的刺耳的喇叭声和急刹车声，再加配其他的音响，描绘了当时国民党军队和美国大兵到处横行霸道、一片混乱的社会景象，沉浸了解放战争时期的时代风貌。

由于这些音响效果的精确设计和运用，使得三个不同时代更加鲜明地呈现出来，并使观众从听觉上感受到每一时代的气息。

还有许多实例都可以说明正确地使用音响效果可以准确地、形象地描绘环境和规定情境。当然，音响效果还需要同布景、道具、灯光及演员的表演有机配合，才能完整地表达出特定的环境和具体的时空。

6. 舞台音响效果在停顿场面中的出现，则会取得特殊的效能。

话剧演出中的停顿，适当地插入音响效果更多地用于沉浸人物之间的冲突，揭示出人物内心激烈的思想矛盾和复杂的感情，并以“动”为“静”、“动”中求“静”的辩证关系，创造出舞台的节奏和气氛，加强艺术的感染力。

如北京人民艺术剧院演出的《名优之死》，在第三场处理京剧名优刘振生去世时有一个大停顿的场面处理，十分精彩。刘振生在两个跟班的搀扶下，含愤从前台步入后台，心脏病发作，人们慌忙将其安置椅上，立即掐人中，致使刘振声从昏厥中渐渐地醒了过来，但是流氓头子仍不放手，继续跟踪而来，他眼见刘振声生命垂危，欲置之于死地而后快，他对刘振声恶狠狠地挑衅道：

“怎么样，现在该知道我是什么人了吧？”

刘振声煞时被激怒，怒火中烧，强忍着病痛，猛地站起，冲向流氓头子，一拼死活，此刻他的心脏病再度发作，身躯不支，昏死倒地，一位先生急奔过去号脉，继而摇头叹息，闪到一旁暗自擦泪，接着人们纷纷围到刘振声的身边，发现他已经死去，于是静默哀悼……舞台上出现了一个长时间的大停顿……其间，一个跟班正从街上买回东西来到后台，见此情景，站在扶梯上愣住了！他手中拿的内装糖炒栗子的纸包，不由自主地撒落满地，发出了一连串果实滚动的声响，这个音响效果无疑地充实和延伸了停顿的思想内容，既强调了名优之死的悲剧气氛，又烘托了在场人物对流氓头子敢怒不敢言的激愤情绪。致使人们积在胸中的怒火，借助栗子撒落地上的音响迸发出来，从而震动了观众的心弦。还有很多实例告诉我们在舞台停顿处理时音响效果的艺术力量。

7. 选择适宜的音响效果，可以达到强化全剧主题思想的功能。

如《茶馆》第三幕结尾，风烛残年的王利发、秦仲义、常四爷，最后一次会聚在这个已经衰落了的茶馆里，他们共同回顾着数十年的辛酸往事，交谈着人生道路上坎坷的经历。当他们走到人生的尽头时。茶馆外不时传来丧事出殡的哀乐声和鸣锣声的音响效果，其实这个音响是象征性的，象征着一个时代的死亡。

三人在苦涩的嘲笑中，把满腹的愤怒与委屈，倾吐了出来：

秦仲义：四爷，让咱们祭奠自己，你把纸钱撒起来，算咱们三个老头子的吧！

王利发：对，四爷，照老年间出殡的规矩，喊喊！

在室外哀乐号角声和敲锣声的音响效果再次响起，常四爷、秦仲义、王利发按顺序绕着桌子缓慢地走动着，一边撒起纸钱一边吆喝着，并唱起了挽歌：

常四爷：四角儿的跟夫，本家赏钱一百二十吊！

秦仲义：一百二十吊！

王利发：一百二十吊！

常四爷：一百二十吊！

秦仲义：一百二十吊！

王利发：一百二十吊！

在他们撒纸钱、唱挽歌的同时，外面的殡丧鼓乐在不断地鸣响着，室内外两种音响融成一体，暗示出了一个深刻的思想内涵，三位老人在自我嘲弄中，蕴含着极大的悲愤，诅咒着反动、腐朽、没落的旧中国，葬送着黑暗的时代。演出者独具匠心地运用了丧事出殡的哀乐音响效果，又引出了登场人物撒纸钱、唱挽歌的举动，形象地揭示出了旧中国必然灭亡，新中国一定诞生这一主题思想。

音响效果在演出中的作用，还表现在诸如能够使舞台假定的时间延长和缩短，渲染演出的风格和体裁等等。当然，舞台音响效果源自生活，但又不能原封不动地照搬于生活，只有把原始的、自然形态的音响当做创作的素材，经过选择和提炼、设计和创造，才能使它达到艺术的境界，产生艺术的美感，也才能使它成为一种艺术成分，发挥其他元素不能代替的作用。需要说明的是舞台音响效果虽是一种艺术，被我们拎出作为一个导演元素来重点训练，但是它在戏剧中不能成为一门独立的艺术。而只是作为综合艺术的成分之一，存在于统一的演出中。

（三）话剧音乐、音响的性质分类

话剧音乐、音响从性质上来区别，总的可分为有音源音乐和无音源音乐两大类。

1. 有音源音乐、音响。

有音源音乐、音响主要指和剧情发展、人物行动有着必然联系的，在剧情发展和人物行动中，都有现实生活可靠根据的。在舞台演出时它们可能在舞台上出现或是从舞台之外传来，但是都有音乐演奏或播放的实际来源和音响的实际来源。这就是有音源音乐。在话剧中称为“现实性音乐、音响”。

这种音乐在话剧演出中的运用十分广泛，有许多属于这类性质的音乐。如在《龙须沟》中程疯子所弹的单弦曲调；《蔡文姬》中所演奏的匈汉二朝两段宫廷礼乐；《立秋》中马瑶琴唱的晋中民歌等等，均属有音源音乐。

导演在处理有音源音乐音响的时候，一定要把握表演和音源的配合，一定要十分精确地掌握好音乐、音响的空间感、距离感和层次感。比如演出时如果剧情表现人物在演奏音乐，除了首先要明确音乐是通过什么器具传达出来的，如果是由演员在舞台上亲自拉起二胡或弹奏钢琴的话，那么就得要求表演与音乐很好地配合。有时在演出中往往出现这样的差错，演员在台上弹奏钢琴，音乐送出了高音阶的旋律，而演员的双手弹着低音阶的键盘，演员打开收音机、录音机或电视机时没有声音，过了一会儿，突然响起来，闹出了不应有的笑话，影响了表演的真实感。

另外，音乐来自方向的“音源”所在之处是辽阔的草原还是幽深的山谷？是小小的茅屋还是巨大的广场？空间距离又有多远？人物在舞台上演奏的音乐应当有什么层次感？如果是音响，在剧情中出现的远近、大小，都由有音源音乐表现得真实、清楚、到位，不能脱离话剧“生活再现”和“写实”的美学原则。

2. 无音源音乐、音响。

无音源音乐、音响，也就是非现实性音乐。这种性质的音乐恰恰与有音源音乐相反，即它不需要有音乐、音响的来源，也不必以现实生活作为依据，它的最大特点就是根据剧本所反映的生活现象和人物的精神世界，根据剧情发展需要，导演通过音乐、音响的表现力，作出听觉的艺术化处理。这类音乐是假定性的，出现的旋律也是抽象的；音响效果是夸张性的。它不用为具体的音乐来源找到依据，观众也不会对它刨根问底。但是，这种音乐、音响一旦与人物的行动及思想感情结合了起来，对于烘托情绪、强化冲突、渲染气氛、调节节奏、推动剧情发展等方面，起着特殊的作用。

如电影《英雄儿女》中有一个场景：占领山头的我人民志愿军战士，在敌人的猛烈炮火中相继阵亡，唯独剩下王成一人独自坚守着高山阵地，还击着从四面八方拥上山头的敌人，此时雄伟的交响乐伴随着悲壮的大合唱起，唱出了对这位英雄战士的赞歌，王成子弹用尽，点燃爆破筒，奋力高举，与敌人同归于尽，壮烈牺牲，一系列行动都是在音乐中完成的；又如电影《红色娘子军》，当洪常青被捕，并拒绝在自首书上签字，乃至他在烈火中就义时，所奏出的庄严、壮丽的音乐旋律；又如前面谈到的《桃花扇》中李香君与侯朝宗秦淮初遇、庵院决裂……等等，所出现的等等音乐，都是属于无音源音乐之类。

这种音乐在话剧演出中运用的广泛的程度，远胜于有音源音乐。它更多地根据剧本和演出构思的需要，通过导演和作曲家加以设置和运用，借以密切配合剧情的发展，烘托人物的心理状态和思想感情，渲染特定的气氛、节奏与意境，使演出更富有饱满的情绪、浓厚的色彩、增强艺术的魅力。

3. 混合性音乐。

有音源音乐同无音源音乐的有机结合，还派生出另一类性质的音乐，我们暂且把它定名为“混合性音乐”。这类音乐的特性是既有现实生活的实际来源，又有非现实性音乐的展示，两者互相转换，交替出现，形成了这种混合性的音乐。

如在话剧《于无声处》第一幕的演出中，何芸在苦恼和思念中，独自在房中弹奏着《红梅赞》的钢琴曲，她对欧阳平含情脉脉，用《红梅赞》来寄托她对欧阳平的怀念之情，琴声在室内回旋着……这时，欧阳平突然出现在她的面前，她激动地离开了钢琴，冲到门口，迎接欧阳平的到来。按理讲，只要何芸一离开钢琴，琴声就应马上中断，然而，她在与欧阳平相见的过程中，这支《红梅赞》的乐曲伴随着他们，一直不停地延续着。这里从有音源音乐到无音源音乐的过渡十分明显，这种音源的转换，把原来只作为何芸抒发内心的钢琴曲，转变成了一种舞台艺术的语汇，深化了人物的情感和人物之间的关系，渲染了他们会见时的意境。

（以上参照郦子柏教授编著《话剧音乐的魅力》、《舞台音响效果的特性与功能》二书）

二、戏曲中的音乐、音响

戏曲与话剧的相同之处，在于它们都是把剧本、导演、表演、舞台美术、音乐、音响效果等成分汇集在一起的戏剧艺术；它们都是视、听艺术在舞台上的综合。

所不同的是由于二者演出形式的不同，汇集、综合的成分发生了根本的变化。

（一）戏曲音乐

在话剧中的听觉艺术中，人声——台词是主导部分，音乐、音响是辅助部分。

在戏曲当中，人声表现为“念白”和“唱词”，都化入了音乐当中，因此，音乐成了戏曲的主体。戏曲的音乐，表现为两部分：一部分为戏曲的声乐（即唱腔），唱腔是唱词的音乐化，唱腔的音乐形式分曲牌体、板腔体、帮衬伴唱体。（唱词从内容上看有：对话性唱词、叙述性唱词、抒情性唱词）戏曲中的人物形象、人物性格以及矛盾冲突等多用唱腔表现。而戏曲中的念白相当于话剧中的台词，但由于它的表现原则并不是“生活的再现”，所以戏曲人演话剧时观众会说：你这台词是戏曲味儿！这是因为戏曲的念白也带有一定的音乐性和韵律性。因此，戏曲的唱词和台词是不同形式的声乐。“以歌舞演故事”，是王国维为戏曲特性所下的著名论断。歌，就是戏曲音乐中的声乐部分。另一部分为戏曲的器乐音乐（这里主要指没有唱词的戏曲音乐）。它的作用与功能，应当说与话剧有着相同的功能，不过，在戏曲中，它的比重要比话剧大得多、强得多、使用得多。另外，戏曲的舞，更离不开音乐，戏曲的音乐又具备为舞蹈伴奏的功能。

我们常说“戏是体，曲是魂”，这是为了说明不同剧种的区别。中国的戏曲并不是一种单一的音乐形式概括的了的。地方戏曲有 360 种左右，什么标志着戏曲剧种的不同呢？即音乐。音乐是魂，魂不一样，人就自然不同了。各个不同剧种（比如京剧、采茶戏、川剧、越剧、豫剧、晋剧等等），它们各自的音乐都是在不同地方、不同语系、不同民族语言特色滋生发展起来的，这就是各个地方戏不同的根源。由于音乐的不同，使得整个演出的形式也出现了差异，这就是不同剧种的区分。而无论哪种地方戏，音乐是主体的特质是相同的，这是中国戏曲的共性。

由于音乐是戏曲的主体，所以，在戏曲音乐中，幕前曲、幕间曲、主题曲、插曲、气氛乐、背景乐往往形成完整的音乐系列贯穿在戏曲当中。音乐在话剧中的作用，比如表现或揭示主题、推动或展现情节、揭示和表现性格、渲染情绪、烘托气氛、改变或强调节奏、展现风格、标志时代或民族或地域、表示和表述时空变化等等，可以成为辅助手段，但在戏曲音乐中，却表现为完整系列艺术形式。

此外，在戏曲的音乐表现形式中，还有一门非常重要的器乐，即戏曲的打击乐。打击乐除了有独特表现戏曲语汇、强调人物心理、控制舞台节奏的功能外，在念白与唱词、唱词与气氛音乐的使用上，它还起到一种“黏合剂”的作用，完整的戏曲离不开打击乐的贯穿，打击乐成了戏曲的另一个重要音乐表现形式。

音乐可以成为戏曲的主体，这和戏曲的意象性是分不开的。我们在第一章讲诗词背诵时，就引用过历史上关于诗词意象性的论述。“言之不足，则歌之，歌之不足，嗟叹之，嗟叹之不足，手之舞之足之蹈之”。这里的言、歌、舞是统一的，表现了中国戏曲形成的意象思维，而音乐的特性本身就是我们前面所说的意象性和抽象性。音乐与戏曲的融合成为戏曲的本体，在美学意象系统里是统一的。

（二）戏曲音响效果

戏曲的音响效果，在表现手段上和话剧大不一样，这首先是戏曲表现形式的美学原则不是“摹象”（模仿生活的逼真）而是“意象”（以“神似”胜“形似”）决定的。戏曲反映生活内容的特殊表现形式，致使音响效果也变成了音乐表现形式。所以戏曲一般地都采用各种乐器来表现音响效果的内容。戏曲中的音响效果，大凡多用铜锣的摩擦声来表示流水或下雨，用小锣的细击声来表示水上行舟，用胡琴的拉奏来表示启闭门窗，用竹笛的吹鸣来表示鸟语蝉鸣，用唢呐声表示马嘶……等等。教学中一般多引用梅兰芳先生演出的京剧《穆桂英挂帅》“接印”一场中，穆桂英为佘太君的一片忠诚所感动，毅然接印挂帅。她穿上甲胄战袍，聚将领兵，这时战马嘶鸣，金鼓齐震，号角声声的音响效果，是以唢呐的吹奏、大鼓的敲击、挑子（一种特殊乐器）的鸣响来表现的。从表面看来，这些由乐器配置的音响效果似乎同生活的差距甚远，然而意象性的音乐表现恰恰与戏曲的表演彼此协调、相得益彰，所以为观众所接受，表现了戏曲艺术美学原则的统一性！

但是，随着戏曲的发展，仅是满足于以戏曲的器乐表现音响效果的内容似乎不够了，所以许多戏曲导演以在戏曲当中加入和生活贴近的模拟性的音响，在处理戏曲矛盾冲突、处理戏曲气氛、处理人物情感时加入了雷、电、风、雨、战争中的枪、炮等等音响效果。这也是戏曲走向新的综合性的需要。因此戏曲导演元素的训练，更要注重音乐、音响在戏剧中的运用能力，尤其是怎样和在戏曲表现主义美学融为一体的功能。

三、诗词意境小品对音乐、音响元素训练的要求

课题既然命名为“音乐、音响，诗词意境小品”，目的和要求就十分明确，要在这轮小品中扎实地锻炼和增长在戏剧（戏曲）中使用音乐、音响应有功能的能力。我们在教学大纲中，就明确规定了“要选择的音乐、音响为

支点构思小品”，这是一个出发点，目的也是要使同学们在实践中体会音乐、音响这些艺术元素在戏剧（戏曲）中有哪些功能，有哪些重要性。

这里就包括了：

第一，音乐、音响怎样才能表现和揭示作品的主题和主题思想；

第二，音乐、音响怎样才能推动和展现情节、发展情节；

第三，音乐、音响怎样才能揭示或表现人物性格；

第四，音乐、音响怎样才能渲染全局的剧并情烘托气氛；

第五，音乐、音响怎样同舞蹈结合；

第六，音乐、音响怎样才能改变和强调戏剧的节奏；

第七，音乐、音响怎样才能展现戏剧的风格；

第八，音乐、音响怎样才能标志着小品的时代、民族和地域；

第九，音乐、音响怎样才能表示或表述时空变换；

第十，音乐、音响怎样才能在表现诗词意境中发挥应有的作用等等。

然而，我们的小品又不是单纯话剧的音乐、音响小品。我们的小品是音乐、音响艺术元素与诗词意境的复合体，这个复合体的选择非常重要，对于同学的“写意”创作思维有重要的意义。

（一）认识诗词和音乐共同的美学创作原则

首先诗词和音乐有着共同的美学特质，那就是写意与抽象。这也恰恰是戏曲的主要艺术特质，把诗词和音乐结合起来会为戏曲导演人才的培养寻找到一个点，为培养戏曲导演人才架起一座桥梁，因此我们在第一学期诗词意境小品的教学之后，又把音乐音响的元素融进了诗词意境小品的教学，确立了这样一个课题，可以深化学生意象化的创作思维。

（二）开拓音乐创作思维

诗词是戏曲的母本，但是它不包含戏曲中的故事情节和人物，因此也没有规定什么地方必须出现音乐、音响，然而诗词的意境中又都蕴涵着形象人物，蕴涵着表现意境的音乐和声音，这样就为创作者提供了以音乐为出发点，创作故事情节和丰满人物形象的可能。从这个角度出发，很可能会产生从诗词意境出发——感受音乐——由音乐感受意境——由音乐意境产生人物和故事情节这样一种创作思维。这是一种音乐创作思维，由此创作的小品感情会更浓郁，意境会更深远，这恰恰是培养戏曲导演创作思维的一个捷径。因此，我们在音乐、音响诗词意境小品教学中，听同学们讲诗词时，常常提出“你在这首诗中听到了什么声音”、“感受到了什么音乐”等问题，目的就是为了拓展同学们对听觉艺术的感受力。戏曲艺术说到底是以音乐为基本特质的舞台艺术。因此在这方面培养学生们的感受力非常重要。

（三）在文本确定后选择音乐音响的要求

音乐、音响诗词意境小品，是一个开拓性的课题。并不要求同学们都从音乐出发去构思小品，如果是从某一首诗词引发了生活的感受，通过丰富的想象，构思了人物、人物形象、以人物行动发展起来的情节和故事，再由此寻找音乐、音响的支点也可以。但是音乐、音响诗词意境小品有一个原则性的标准：即抽取了音乐、音响这个小品就不存在了，为什么要有这条标准呢？因为只有这样才能使同学们理解音乐、音响在戏剧（戏曲）中的重要功能，达到这一课题训练的目的，真正得到一次实践上的锻炼。

（四）在小品中提倡舞蹈与音乐的结合运用

我们的“音乐、音响诗词意境小品”中允许有话剧形式的写意作品（这里面具备了音乐音响的主要元素），更提倡小品构思中音乐、音响能和舞蹈直接发生关系，也就是小品构思中音乐能激起小品中人物的舞蹈。因为这个课题，也是对戏曲“以歌舞演故事”这个特质的一次直接锻炼。同学们在小品中做到这一点往往是很不容易的，在以人物行动演绎故事上常常是话剧式的。由音乐而进入舞蹈往往中间的衔接环节有断裂感，这时候恰恰是引导学生思考戏曲特质的关键，学生在寻求小品艺术风格的统一之时恰恰是增长戏曲创作思维之时。在解决这个问题的方法上，可能不是戏曲程式的，但它是写意思维中鲜活的创新，对于戏曲创作它是最可宝贵的一次实践和锻炼。

（五）音响在小品中的作用

音响同音乐有所不同，由于它接近生活，在话剧小品中更为适宜。但“音乐、音响诗词意境小品”的训练中对于音响的使用，意义上又别有天地。由于音乐和诗词的结合产生的情节故事写意性很强，音响的使用也就自然的在写意的创作中发挥了作用：比如转换时空的作用：如 2006 级乔雨菲同学的小品《流浪人》中令人毛骨悚然的皮鞭抽打声，由开始流浪人的出场——被皮鞭绑缚在台阶上；到流浪人离开自己心上人，走向流浪；再由酒馆斗殴后流浪人奔向淘金生涯；以致最后出卖了自己淘金的兄弟，又回到被皮鞭绑缚在台阶上……所有时空转换皮鞭抽打声都在不断推动情节发展。又如推动人物心里冲突激化的作用：如2002级叶蕾同学的小品《抑制》中尖锐刺耳的砸碎玻璃音响效果是现实生活的象征，剧中人物在不断逃避现实，从开始的上场和每一次舞蹈队形的改变、舞蹈节奏的转换、以致主人公最后被逼到舞台中心缩成一团，都是在尖锐刺耳的砸碎玻璃刺激下心理冲突激化的结果。再如以音响代替物件贯穿全剧的作用（把视觉的物件转化为听觉的音响）：如2002级戴鸣同学的《破阵子》不断激起老年辛弃疾北伐抗金的宝剑入鞘的音响，从辛弃疾持剑开始，到醉酒、到宝剑化成人形与他对话，一直到最后的舞剑、赋诗，宝剑入鞘的音响不断从主人公与宝剑的关系中展示诗词的内涵，开拓辛弃疾词的境界……还有音响在写意的创作中，更能够直接引爆事件的作用，如2003级陈少雷同学创作的小品《村庄》，父亲舍不得自己的土地，儿子已经将自家的土地归于大规模的开发，父子产生的戏剧冲突是推土机声和耕牛叫声引起的，而且这两种音响反复地出现不断推动故事情节的发展……等等。

（六）关于是否把音乐中的歌唱元素（即戏曲的唱）作为音乐、音响诗词意境小品的要求

在“音乐、音响，诗词意境小品”的教学要求中，一般不要求把人物的歌唱（即音乐的声乐）元素写进小品，因为在这个课题中主要以训练音乐、音响与诗词结合为目的，以此成为话剧过渡到戏曲创作的一个桥梁。但是在创作中我们也不反对有些同学把歌唱的元素引进小品，比如丁巍同学的《钗头凤》，又如赵小丹同学的《李白》，陈俊同学的《游子吟》当中都有关于诗词本身的歌唱部分。这种小品创作可能在戏曲以歌舞演故事方面进入得更快，更能找到小品、歌舞与音乐中声乐方面结合的准确形式感。我们鼓励同学们在这方面的创作，但由于怎样把戏曲的唱——即声乐部分融到歌舞表演故事的戏曲特质当中，又是另外一个课题。其中又有许多规律性的知识需要了解学习和掌握，因此我们把它放在戏曲小品的创作课题当中，这里并不做统一的要求。

思考题：

1. 通过本节的学习，你能找出话剧与戏曲中音乐、音响的异同吗？

2. 诗词意境小品对音乐、音响元素训练有哪些要求？

第二节 音乐、音响，诗词意境小品的构思和文本创作

小品创作是导演学习的基础训练。首先，需要有构思，构思是创作思维的实践活动，构思需要落实到小品文本。在第一轮“诗词意境小品”中似乎没有特别明确的文本规定。因为全部的台词只有诗词本身，从这个角度说，那是完全的训练导演构思舞台形象和舞台行动的思维能力。“音乐、音响，诗词意境小品”仅仅停留在这个阶段是不够的，它除了明确要求，要训练学生掌握戏剧中的音乐音响艺术成分为主要目的外，还特别要求写意创作的深化。因此，这也就是说小品明确地要求要有人物、有台词，有人物关系、有交流、有情节、有冲突，有故事的起、承、转、合。这样一个完整的小品，必须要把构思落实到文本创作上。

从构思到文本是对导演创作思维的梳理，是一次经过文本实践的升华，但是在实际的排练中又会推敲和修改文本，进一步落实导演构思，这就是在实践中学习导演提高能力的过程。

一、以诗词为本，结构人物、事件

古今中外的每一首诗词中都蕴含着感情和意境，在很多诗词中还蕴含着人物和故事。我们以中国的古代诗词为例，比如唐诗中的一些著名诗篇：

如：

《月下独酌》　李白

花间一壶酒，独酌无相亲。
举杯邀明月，对影成三人。
月既不解饮，影徒随我身。
暂伴月将影，行乐须及春。
我歌月徘徊，我舞影零乱。

醒时同交欢，醉后各分散。
永结无情游，相期邈云汉。

这首诗自然隐含着李白这个人物，可能生发出李白的诗友或李白的影子等人物。根据诗人在彷徨苦闷、时而孤独时而狂欢的状态，发展出故事情节。

如：

《梦李白》（其一）杜甫

死别已吞声，生别常恻恻。
江南瘴疠地，逐客无消息。
故人入我梦，明我常相忆。
君今在罗网，何以有羽翼？
恐非平生魂，路远不可测。
魂来枫林青，魂返关塞黑。
落月满屋梁，犹疑照颜色。
水深波浪阔，无使蛟龙得。

这首诗自然隐含着杜甫与李白两个人物，还可能生发出永王李麟等人物。根据李白流放的情境，写出杜甫与李白交谊深厚彼此心心相通的故事情节。

如：

《烈女操》　孟郊

梧桐相待老，鸳鸯会双死。
贞妇贵殉夫，舍生亦如此。
波澜誓不起，妾心古井水。

从作者对于封建礼教的批判，对于女性在封建时代的命运和痛苦，可以生发出鲜明的女性形象和女人命运的故事来。

如：

《游子吟》 孟郊

慈母手中线，游子身上衣。
临行密密缝，意恐迟迟归。
谁言寸草心，报得三春晖。

诗词中颂咏母爱，感念母亲的情感，隐含着母亲与子女的人物形象，可以以母子情、母女为题材生发出有情感有冲突的故事来。

如：

《望月怀远》 张九龄

海上生明月，天涯共此时。
情人怨遥夜，竟夕起相思。
灭烛怜光满，披衣觉露滋。
不堪盈手赠，还寝梦佳期。

这首望月而思念远方亲人的诗，可以生发出行人或是亲人的人物关系，写出诗人怀念远方亲人，或在梦中或在意识流中构成情感冲突的故事。

如：

《贫女》 秦韬玉

蓬门未识绮罗香，拟托良媒益自伤。
谁爱风流高格调，共怜时世俭梳妆。
敢将十指夸针巧，不把双眉斗画长。
苦恨年年压金线，为他人作嫁衣裳！

这首诗贫女的人物形象是非常鲜明的，在人物设置方面除了贫女以外，与贫女相关的譬如媒人以及相对立的贵妇人等等的人物，既可以生发出贫女感叹自己贫苦生活一生为别人做嫁衣裳的命运故事，也可以生发出对人生的不平，怀才不遇而受别人盘剥的故事。

如：

《相思》　王维

红豆生南国，春来发几枝。
愿君多采撷，此物最相思。

这首诗可以生发出各种各样与红豆有关的爱情的、亲情的，各种各样的古代或现代的故事和人物来。

如：

《陇西行》　陈陶

誓扫匈奴不顾身，五千貂锦丧胡尘。
可怜无定河边骨，犹是春闺梦里人。

诗中的规定情境十分明确，只要展开丰富的想象，既可以表现对战争的献身，也可以表现对战争的批判，在不同的情感表达和意境中生发出不同的人物和故事情节。

如：

《花非花》　白居易

花非花，雾非雾，夜半来，天明去。
来如春梦不多时？去似朝云无觅处。

诗中谈的是白居易自己对于自己爱情的回忆或感悟，自然，白居易可以作为小品中的人物，并且可以生发出与爱情有关的悲欢离合的故事情节。

在宋词中含人物和情节的诗也很多。

如：

【水调歌头】 苏轼

明月几时有，把酒问青天。不知天上宫阙，今夕是何年。我欲乘风归去，又恐琼楼玉宇，高处不胜寒。起舞弄清影，何似在人间。

转朱阁，低绮户，照无眠。不应有恨，何事常向别时圆？人有悲欢离合，月有阴晴圆缺，此事古难全。但愿人长久，千里共婵娟。

词中隐含着苏轼这个人物，以及和苏轼有情感关联的历史人物，可以通过苏轼一生中的遭遇或情感组织故事情节。

如：

【江城子】 苏轼

十年生死两茫茫。不思量，自难忘。千里孤坟，无处话凄凉。纵使相逢应不识，尘满面，鬓如霜。

夜来幽梦忽还乡。小轩窗，正梳妆。相顾无言，惟有泪千行。料得年年肠断处，明月夜，短松冈。

这是一首苏轼写给早亡妻子的词，诗中隐含的人物很清楚。可以以苏轼缠绵深情的情感为依据生发出故事情节。

如：

【卜算子】 李之仪

我住长江头，君住长江尾。日日思君不见君，共饮长江水。

此水几时休，此恨何时已。只愿君心似我心，定不负、相思意。

这首词围绕着长江水表达了男女相爱的思念和离怨，自然可以生发出爱情的故事和爱情中的人物。

如：

【声声慢】　李清照

寻寻觅觅，冷冷清清，凄凄惨惨戚戚。
乍暖还寒时候，最难将息。三杯两盏淡酒，怎敌他、晚来风急。
雁过也，正伤心，却是旧时相识。
满地黄花堆积。憔悴损，如今有谁堪摘。
守着窗儿，独自怎生得黑。梧桐更兼细雨，到黄昏，点点滴滴。
这次第，怎一个、愁字了得。

这首脍炙人口的千古名篇写了李清照遭受国破家亡、丧偶流离的愁苦和悲惨的命运。以情感为贯穿线，自然在小品中可以生发出李清照的鲜明形象，以及李清照爱情挫折、国破家亡的情感为依据的故事来。

如：

【忆江南】　白居易

江南好，风景旧曾谙。
日出江花红胜火，春来江水绿如蓝。
能不忆江南？

这是白居易的一首怀旧名篇，怀旧的主题可以生发出各种各样人生怀旧的情节和故事，人物的设置可能是白居易，也可能是任何一个有生活经历的人物。

如：

【诉衷情】　陆游

当年万里觅封侯。匹马戍梁州。关河梦断何处，尘暗旧貂裘。
胡未灭，鬓先秋。泪空流。此生谁料，心在天山，身老沧州。

【谢池春】 陆游

壮岁从戎，曾是气吞残虏。阵云高、狼烽夜举。朱颜青鬓，拥雕弋西戍。笑儒冠、自来多误。

功名梦断，却泛扁舟吴楚。漫悲歌、伤怀吊古。烟波无际，望秦关何处。叹流年、又成虚度。

这两首爱国词都是陆游晚年所作，陆游可能成为诗词意境小品中的主要人物，可以根据陆游的历史，派生其他人物，引发出主人公对于报国无门的愁感，故事和情节自然在舞台上展现出来。

如：

【破阵子】 辛弃疾

醉里挑灯看剑，梦回吹角连营。八百里分麾下炙，五十弦翻塞外声。沙场点秋兵。

马作的卢飞快，弓如霹雳弦惊。了却君王天下事，赢得生前身后名。可怜白发生！

这是辛弃疾写给好友陈亮的一首词，词中可以生发出辛弃疾这个人物和他好友的对话，也可以生发出辛弃疾在战场挥剑保国的情节，也可以生发出辛弃疾老来不放自己爱国志的情节。

以上所列举的诗词大多是学生们在创作音乐、音响诗词意境小品中所用的诗词，这里对于人物及故事情节只做一个最简单的提示，而在实际的小品当中同学们的丰富想象，所构思的人物和情节应当比我们的提示丰富得多，精彩得多、鲜活得多。

二、“写意”美学原则指导下的情节结构

关于情节结构当然是靠自己的丰富想象去创作。由于诗词结构本身的丰富多彩、千姿百态，所以同学们写意的创作思维被开掘后，小品的样式也是丰富多彩、千姿百态。我们很难逐一举例，下面仅以三种类型解构情节上的差异。

一种是在诗句的解读中体会作者写诗的立意，逐句推敲每一诗句的内容，由此结构小品情节，借作者表达自己对历史的思考。就像我们在第二章讲述“营构诗词意境的方法”中的“赋”，即“赋之言铺”——陈述铺叙的方法。

比如2002级吴文聪同学的小品《蜀相》，原诗作者杜甫。

范例十六：(原诗见本书第二章)

吴文聪同学把“蜀相祠堂”设置为小品的舞台环境。

情节一：

以杜甫游览蜀相祠堂开头，在祭拜中诸葛亮复活了。

情节二：

杜甫看到了刘备三顾茅庐的情景，写出了诸葛亮在《隆中对》向刘备畅诉取三分天下的关键——占领荆州……

情节三：

杜甫在惊叹“未出茅庐，而已知三分天下是也”中看到了诸葛亮出山后的作为，在紧张的音乐声中，以戏曲“四报”的形式，通过舞台调度，凝练、清晰地表现了诸葛亮出山后的作为。博望坡大获全胜，赤壁之战大获全胜，曹操败走华容道，在魏、蜀、吴三方角逐中占领了荆州。形象地概述了诸葛亮出山后的功绩。

情节四：

杜甫依照诸葛亮的才华似乎看到了刘备兴汉、一统天下的光明。把诗人对在诗句中流露出的对诸葛亮的敬仰和诗人自己对三国时期的政治向往情节化地推到了极致。

情节五：

紧接着在魏、蜀、吴三方角逐中，由于关羽大意失荆州而陡转直下，刘备为报一己私仇连连败北，诸葛亮终不能力挽狂澜，以夷陵战败，街亭失守，空城之计耗尽心血，从而结束了诸葛亮的一生。小品以舞台形象的塑造从杜甫眼中的诸葛亮，铺陈了以诸葛亮命运为主线的三国时期悲壮的历史画卷。

于是台上的杜甫发自内心深处地呼出了“出师未捷身先死，长使英雄泪满襟”的千古名句。

整个小品沿着《蜀相》的诗句，用杜甫的眼光把从三顾茅庐开始，出山建功立业，两朝辅佐蜀国君主，鞠躬尽瘁成就三分天下的诸葛亮，形象地展现在舞台上，事件环环紧逼，节奏扣人心弦，以空城计心血耗尽把小品推向了高潮。当诸葛亮在西城城楼上抚琴退走司马懿大军之后，慢慢起身眺望中的一个踉跄，舞台有一个大的停顿，女高音的伴唱陡然而起，全场观众潸然泪下，恰恰此时杜甫吟出了“出师未捷身先死，长使英雄泪满襟”的诗句。学生把一种敬仰古代先贤的历史沧桑感通过小品的叙事结构生动地、充满情感地向观众做了讲述。这种集中散点式情节，讲述历史故事又不失中心的结构，完全化诗词意象为舞台具象的创作，表现了营构诗词意境的方法中的“赋”的魅力。

另一种是通过反复阅读一首诗词在充分理解感受诗词的意义后，用诗词的精神与时代生活碰撞形成了一种拓展性的小品结构。故事的叙述似乎与原诗中的诗句排列没有联系，但是与诗词内在联系的共同意境却动人心魄。

如2002级卢秋燕同学的《满江红》。原词作者岳飞。

范例十七：(原词见本书第一章附录)

小品创作的整个结构和原词的叙述不发生任何关系，只是把不同时代对这首词不同的态度用虚拟化的情节通过舞台讲述出来。

情节之一：

小品的开头是一所中学的课间休息，教室里议论声、混乱声，浸透着现今时代的影子。预备铃响起，班长让大家背诵《满江红》，学生漫不经意的胡乱背诵着，老师走进了课堂，气愤地点名背诵，连点八个学生，谁也背不出。老师又气愤地进行集体罚读。

情节之二：

集体罚读的声音越来越大，以至变成了火车的轰轰鸣声。火车开进了时间的隧道，《满江红》音乐陡然而起。

课堂变成了30年代的课堂，学生们抢先地慷慨激昂地在背诵《满江红》

的诗句。但是老师告诉大家，因为日本军队的侵入，学校要被迫停课了。同学们争先恐后地抢着要上战场。一个胆小的女同学问大家，为什么不想努力地活下来。大家一起道出了心声："靖康耻，犹未雪；臣子恨，何时灭？"

前面两个情节中的两度背诵《满江红》诗词，都是客观地表现课堂学习的背诵。而此刻，在民族危亡的时刻，岳飞《满江红》的诗句成了大家共同的心声。国破家亡之际，"靖康耻，犹未雪；臣子恨，何时灭？"的呼唤何等震撼人心！是小品的结构推出了爱国主义的情怀的第一个小高潮。

情节之三：

悲壮的抗日战争时期的音乐把同学们推到抗日前线长城，大家看到了站在长城内外的全是日本士兵，于是大家在到处奔跑，奔跑中听到了中国各地的告急，看到了在短短的 15 个月中，日军占领了大半个中国的现状。所有的中国人都被逼迫着面向石壁。全剧到了第二个小高潮的形成，中国陷于沉沦。

情节之四：

在沉沦中，那个胆小的女同学在逃难，逃难中她感受了饥饿，感受了从来未有过的饥饿。于是她看到了在战争中死去的战士们和老百姓被敌人剖腹挖心后空腹的腹腔。她从心底里呼出了"壮志饥餐胡虏肉，笑谈渴饮匈奴血"这个千古名句。

小品的情节设置告诉了我们，人只有陷于濒临灭亡的绝境，才能够体会出在这个绝境中人性的觉醒。

于是小品进入了情节之五：

同学们和那个女同学一起感受到了岳飞当时写下这一千古名句的情感——那是民族的情感。民族的情感又引发了大家的回顾。大家在回顾中思索着一个民族在历史的兴衰中的情感的点点滴滴，思索着这个民族会不会在沉沦中甘心自己的弱小。他们从《山海经》中《精卫填海》的典故中得到了一个民族应有的结论，他们从祖先传下来的血液中得到了民族振兴的力量。他们感受到了我们祖先传下来的血液在我们每一个人身上汩汩流淌。这里把全剧推向了最高潮。

到此为止全剧并没有岳飞《满江红》原词句的情节，但是人人都感受到了岳飞笔下《满江红》的一种精神。

情节之六：

接下来情节的安排陡转急下。就在大家互相鼓励着、鼓舞着说“明天我会去前线!”“明天我会去前线!”“明天我也会去前线!”，一个个抢着说“但我很幸运，因为我战斗过”。“但我也很幸运，因为我无愧于我们的血液”。“但我也很幸运，因为我没有辜负那最后一刻”。“明天……明天，也许再晚一点，我就要死去，但愿你们不要把我忘记。因为对于死去的人来说，他只能活在活人的记忆里，如果真的忘了我，那么我也就真的死了”。就在这样的台词交织时，每个人奔赴前线时，却突然发现原来大家都已经死去了……

于是《满江红》的音乐再次响起，音乐声中刚才的那些台词似乎都在提示着人们——“因为对于死去的人来说，他们只能活在活人的记忆里，如果真的忘了我，那么我就真的死了。”

小品到此结束了。这是一个成功的诗词意境小品。它没有以舞台演绎诗句的故事，而是把中国历史上这首代表着民族精神的一首爱国主义的著名诗词，巧妙地放到了现当代和抗日战争年代。对比、反思，反思、对比……

从小品的创作角度，学生抓住了《满江红》的立意，也就是“诗言志”的“志”。抓住了《满江红》的“诗缘情”的“情”，也就是悲愤的民族危亡之情。开掘了从古代到抗日战争年代，以至到现代连绵不断的意蕴，鞭挞了现当代对民族文化丢弃的可悲。讲述了一个民族精神的形成，是善良的人性发展的必然结果。

这个小品整个情节结构呈现了古诗词中的“比”的特色，从头到尾没有诗句中的“怒发冲冠，凭栏处”的情节；也没有“抬望眼，仰天长啸”的情节；也没有“三十功名尘与土，八千里路云和月”的情节；也没有“待从头，收拾旧山河”的壮烈场面。但是，情节结构中的现代与抗战时期的对比中从诗词中提炼出来的“靖康耻，犹未雪，臣子恨，何时灭?”“壮志饥餐胡虏肉，笑谈渴饮匈奴血”的这些壮烈的诗句浸透了写意的创作思维，成为了批判现实主义的优秀小品。这个小品在上海市小剧目汇演中获得了优秀创作奖。

另一种是通过读诗的感受唤起自己对生活中某种现象的联想，不断解读着诗句，不断产生着联想，抒发着自己对诗的感受和情感，由此结构小品的情节。以诗为背景，重新解构现代生活。

比如2002级学生吴佳斯以普希金的《小鸟》一诗为本，结构的音乐、音响诗词意境小品。

范例十八：

原诗：

在遥远的故乡，我虔诚地遵守着故乡古老的风俗习惯。
在春光明媚的欢乐节日里，我把一只小鸟放回蓝天。
于是，我的心感到欣慰。
为什么上帝有着许多怨忧？
至少我可以把一个生命从手中放走，给予它自由。

吴佳斯同学从“小鸟放回蓝天”，“把一个生命从手中放走给予它自由”的诗句中，感受到人的生命对自由渴望的本性。由此兴起了对生活的联想，结构了诗句暗示下的情节。

情节一：

沉重的铁门关门声、锁门声中传来女儿“妈妈，放开我，放我出去，我要上大学”的哭声。母亲却不顾女儿的哭声，不断用锤子钉牢鸟笼。吟诵着“在遥远的故乡，我虔诚地遵守着故乡古老的风俗习惯”。这个情节开始就向观众暗示了冲突，女儿要自由，母亲为什么要用钉牢鸟笼来做回答呢？难道要把一切的生命都禁锢吗？

情节二：

父亲进来了，也吟诵着：“在遥远的故乡，我虔诚地遵守着故乡古老的风俗习惯。在春光明媚的欢乐节日里……”然后父亲拿出了一只小鸟，赞美这只小鸟，于是母亲笑了，女儿上场了，围绕着小鸟，一家子欢乐的叫声、欢呼声，其乐融融……

情节三：

母亲说要为鸟儿选择一个笼子，女儿说要放飞小鸟才是鸟儿真正的自由。父亲从女儿对自由的呼声中触及了自己的潜意识，……当父亲、母亲相继吟诵着“在遥远的故乡，我虔诚地遵守着故乡古老的风俗习惯”“在春光明媚的欢乐节日里我把一只小鸟放回蓝天”时，母亲同意把小鸟放走了。

情节四：

父亲随着被放飞的鸟儿一起离开了这个家。铁门的关门声、锁门声再次响起。女儿同时又继续地呼喊着：“放我出去！”与母亲发疯般钉鸟笼的行动形成了强烈的对比。母亲的心声在自问：“他们都要离开你，你该怎么办?”于是母亲不肯放走唯一的亲人，她发疯般地钉牢自己的鸟笼，她冲向了墙壁，捡起了女儿的大学录取通知书，愤怒地撕碎了它，扔到了空中。女儿的呼声仍旧不断地响着。

情节五：

瞬间整个房间都转动起来了，最后房间变成了笼子把母亲关在其中，女儿告诉母亲：“放下手中的鸟笼吧，因为里面已经没有小鸟了。”母亲却不肯相信，在现实中挣扎着、挣扎着……

情节六：

一切都过去了，灯光集中在舞台中间的一个日记本上，母亲趴在上面写着、写着。母亲写下了自己的日记：“在遥远的故乡，我虔诚地遵守着故乡古老的风俗习惯。在春光明媚的欢乐节日里，我把一只小鸟放回蓝天。于是，我的心感到欣慰。为什么上帝有着许多怨忧？至少我可以把一个生命从手中放走，给予它自由。”于是母亲渐渐地离去……

这个小品六段的情节结构的安排处处紧扣着普希金的全诗诗句。其中包含了母女关系、夫妻关系，一个女性的心理，母亲的孤独，母亲从孤独中走出。从各个角度诠释着诗的立意和诗的境界。把诗对人类、对自然的本性，对生命自由的追求放在一个家庭冲突中解释出来。这种小品的结构情节方法就是古诗中营构诗词意境的方法的“兴”。“兴者，托事于物也。”从鸟的放飞兴起，到一个家庭的冲突，到每一个视角对于生命、对于自由的诠释。时刻在以鸟的放飞“兴”起自己对生命、家庭、人性的感受。整个情节结构的安排围绕着吴佳斯同学自己的立意——“当你被痛苦刺伤时，你可曾懂得生活还有另外一个世界。放飞抑郁吧，放飞心结吧，放飞……”

这是一种以“兴”的方法平行安排诗与小品情节结构的形式。

三、诗词引领下的文学品格的提高

翻开我们戏曲导演本科专业的教学计划与教学方案，在培养目标上非常明确地提出了——戏曲导演要“熟悉传统文化”，怎么样在我们的教学中实现熟悉传统文化呢？从前面的各章节中所谈的内容中可以看出，我们以诗词意境为课题，开掘的是戏曲意象思维这一本源，这是传统文化中的重要内容。在这个本源中还有一个重要的元素，就是戏曲的语言，谈到戏曲的语言众口一致会归结到剧诗的本体中——通俗地说戏曲的语言就是诗化的语言。

戏曲产生在宋元时代，它的唱词部分就是古诗词体，它的念白（台词）是古汉语的通俗化。发展到现在即使是现代题材的戏曲，它的唱词也必须遵循着古诗词的规格。剧诗中的“剧”是指以舞台行动演绎故事、塑造人物形象，讲述故事的各种戏剧特性，在很多方面戏曲与话剧是相通的，我们在戏曲导演的教学中把它化成各种元素，在小品实践中使学生掌握和体会。而“诗”——除了我们在前面各章节中剖析的，是戏曲思维的本源外，他还表现为构成戏曲剧本的文体，作为戏曲导演专业的熟悉传统文化，（除了在戏曲形体，戏曲片段的课程设置以外）最重要的就是诗词意境系列课程，即“背诵诗词”、“诗词意境小品”、“音乐、音响，诗词意境小品”三段式的教学。背诵诗词是模仿式教学，而进入了小品创作就进入了启发式、创作式教学。“事件小品”、“画面小品”都是以生活语言为基础的创作，到了“音乐、音响，诗词意境小品”的教学，它的语言和文本就不一样了。由于从创作思维上是属于写意的，从创作的母本上，它是继承了古代诗词的，所以就必须学会用诗的语言不可。诗是富有情感的文学形式，诗的语言是人类语言中最凝练、最能凝聚丰富情感的、最具艺术内涵的语言，最含蓄也最铿锵的语言，是我们熟悉传统文化的最好根本。我们这一课题的教学和教材，从“背诵诗词”开始到目的，就包含着感悟学习诗词的语言，引领同学们提高小品创作，以至提升将来戏曲创作的文学品格。

有人说，从小学习戏曲的学生，就已经掌握了诗词的韵律，这是不对的，戏曲的唱词是诗词的通俗化。根据戏曲的流传与成因就可以看到在最初戏曲形成文本时，它的创作是有文化品味的。但是，随着演员们的演出时表演的技艺等传承，在对戏曲文本的传承方面，许多以讹传讹，甚至没有品味的戏曲唱词，被口传心授的模式接受了。戏曲导演面临的继承和发展有很大一部分工作，就是对传统剧目的整理。所以在大学本科学习中要打下很好的基础，“音乐、音响，诗词意境小品”创作是一个很好的课题。有了诗词的母本，文字的使用、语法、韵律、内涵、体裁、风格都含在其中了，同学们在创作小品时的文字处理、台词的使用时，要求自觉地把诗的特质带到文字处理、台词创作当中去。会学习和创作与话剧生活化的台词语言完全不同的形式和风格，这也是我们把握“音乐、音响，诗词意境小品”的教学规格，指导学生修改文本的原则。

经过这一轮小品的创作和实践，学生们在这方面的提高是有质的飞跃的。

范例十九：

2002 级卢秋燕同学《满江红》当中的台词（节选）：

H：曾经有一个女孩儿到海边玩耍，凶猛的大海无情地吞噬了她年轻的生命。

I：那后来呢？

H：她的仇比山高，她的恨比海深，她变成一只名叫精卫的鸟，日夜衔来木石，发誓要填平沧海。

J：后来有一个人问她：“精卫，精卫，万事都有不平，你何必自找苦吃空忙一场呢，你只有一寸长的身体，却要口衔木石填海到永久吗？”

K：精卫鸟说：“我要填平沧海，身死志不改，大海没有填平，我就不会死去。”

L：后来又有人对她说：“君不见西山衔木的鸟好多好多，那些来去的燕雀只是为了去营造自己的安乐小窝。”

HIJKL：万事有不平，尔何空自苦，长将一寸身，衔木到终古？

画外音：我愿平沧海，身沉心不改，大海无平期，我心无绝时！

HIJKL：君不见西山衔木众多鸟，燕来雀去自成巢？

画外音：大海无平期，我心无绝时！我心无绝时！我心无绝时！音乐结束，狂风暴雨声响起。

H：这就是我们祖先的故事！

余下同学：这就是我们祖先的故事！

I：这就是我们祖先传下来的血液！

余下同学：这就是我们祖先传下来的血液！

J：这就是在我们每个人身上汩汩流着的血液！

余下同学：这就是在我们每个人身上汩汩流着的血液！

范例二十：

2002级吴汶聪《蜀相》当中的台词（节选）：

诸葛亮：此西川五十四州之图，将军欲成霸业，必先取荆州为家！

刘　备：荆州。

杜　甫：荆州？……

诸葛亮：然！荆州占尽地利之便，北居汉、沔，利尽南海，东连吴会，西通巴蜀，一旦天下有变可命一上将从荆州北上，挺进宛、洛，牵制许昌魏军，也可满足东吴两面出击，此用武之地，亮以为占荆州则汉兴矣！荆州若失，则全盘皆输矣！

杜　甫：荆州是兴汉之根基啊！

诸葛亮：而后中原可图，则大业可成，汉室可兴矣！

刘　备：多谢先生赐教！

杜　甫：未出茅庐已知三分天下之事矣！

（音乐大起）

报：　博望坡大获全胜！

报：　赤壁之战大获全胜！

报：　曹操败走华容道！

报：　军师妙计，我军占领荆州！

合：　军师妙计，我军占领荆州！

刘　备：先生真神人也，备能成就帝业，全仗先生经论之手，今幸得先生实乃汉室之大幸矣！

诸葛亮：亮受将军三顾之恩，不容不出，将军若不相弃，亮必殚精竭虑，效犬马之劳，请将军静候佳音。

杜 甫：若真依卧龙先生之妙计，以成三足鼎立之势，则大业可成，汉室可兴矣！

范例二十一：

2002级丁巍同学《钗头凤》当中的台词（节选）：

陆 游：小轩窗，正梳装……婉，你还记得吗？

（唐婉隐约感受到有人替她梳妆，慢慢起身，走下平台）

唐 婉：（哀怨）世情薄，人情恶，雨送黄昏花易落。

陆 游：婉……

唐 婉：务观，是你在说话吗？是你吗？

陆 游：是我。

唐 婉：（迷惑）务观，你在哪？务观，务观……

陆 游：婉……

（歌队变换）

陆 游：（紧接）此生行作稽山土，犹掉遗踪一泫然。

唐 婉：在天愿作比翼鸟，在地愿为连理枝。

〔歌队队形变成两竖排，陆游唐婉交叉至中间，彼此手触碰，陆游母侍从紧接唱叹："错，错，错；莫，莫，莫"。停顿。陆游母侍从端着椅子，手提灯笼上，躬身请陆游母入座，念"是"，转对观众，站定。歌队两竖排铺开，陆游、唐婉分别站在上下场门。

侍 从：（面无表情地）三公子，老太太问，近来你身居轩中，终日郁郁寡欢，这是为何？

陆 游：只心投笔从戎，恢复中原，却已成空中楼阁。

侍 从：（厉声地）三公子，老太太说了，你自小守忠尽孝，言而有信。而如今，却只身沉于声色，这又是为何？

陆 游：（哀怨，悔恨而又坚定）零落成泥辗作尘，只有香如故。

侍 从：（斥责）大丈夫当以修身、齐家、治国、平天下为重任。然，你屡次应举不中，仕途坎坷，这又是为何？三公子？

陆 游：生不逢时，寡不敌众。

侍　从：（紧接，态度蛮横地）不，此乃妖气缠身，理当逢凶化吉！

陆　游：何来妖气？何以化吉？伤心桥下春波绿，曾是惊鸿照影来。

侍　从：克夫之妇谓之妖，亲子之母谓之吉。

陆　游：战死士所有，耻复守妻孥！

唐　婉：（欲哭无泪，痛楚绝望般）子甚宜其妻，父母不悦，出……

陆　游：（痛彻心扉）山盟虽在，锦书难托，莫，莫，莫。

唐　婉：（伤感凄婉）欲笺心事，独语斜阑，难，难，难。

陆　游：错，错，错；莫，莫，莫。

唐　婉：难，难，难；瞒，瞒，瞒。

范例二十二：

2002级同学金宙旻《猛回头》当中的台词（节选）：

〔陈华神情痛苦地望着丙离去。这时，锣又响，“看杀人喽！”循着音乐，陈华奔去，不及奔到，又一声锣响，这声音变成了无数的锣声越来越急，越来越响，在陈华耳畔撞击着。

陈　华：为什么！

〔堤岸前方，黄河之水在奔腾着。

陈　华：为、什、么！

〔随着一阵凄婉哀绝的悲歌缓慢响起，夏瑜在蓝光的映照下，慢慢出现在陈华上方，两人的影像渐渐地似重叠又似分开。

夏　瑜：知我者，谓我心忧；不知我者，谓我何求。悠悠苍天，此何人哉？

陈　华：夏瑜兄，是你吗？

夏　瑜：我是夏瑜，你也是夏瑜。

〔陈华欲言，被打断。

夏　瑜：知我者，谓我心忧；不知我者，谓我何求？谓我何求！

陈　华：（苦笑）知我者少矣！瓜分豆剖迫人来，同种沉沦剧可哀！

夏　瑜：（坚定地）太息神州今去矣，劝君猛醒莫徘徊。

陈　华：（思考）太息神州今去矣……

夏 瑜：啊！

范例二十三：

2002级学生戴鸣《破阵子》当中的台词（节选）：

辛弃疾：（坐在睡榻上）对酒当歌，人生几何？（看剑推剑）何以解忧，惟有杜康。何以解忧，惟有杜康（每随剑鞘声都有一个反应，最后一下又卧状冲到剑前）你为何还纠缠于我？外面的世界是花红酒绿，歌舞升平，一片狼藉。我这里是冷冷清清，孤单寂寞！你为什么还在这里缠着我这个酒残未醒之人呢？你走，你走……我衷心对你，冷眼对你，忧愤抛你，残叶盖你，你又能把我怎样，你又能把我怎样？哈……（猛然又转身抱住剑）剑啊剑，你跟随我三十余载，可如今却落得个锈迹斑斑，空有于恨，空有于恨啊！（抱剑刷剑磨剑）锈了，锈了，终于是锈了！（抱剑）

（剑鞘声）

辛弃疾：谁，是谁在那？

剑：（从幕后传出悠悠的回声）是我……是我……是我……

辛弃疾：将军！我心里是不是还藏着一个清清白白，刚正不阿的剑呢？

辛弃疾：你是剑？你竟是我的剑啊！夜深人静，霜染寒林有一个腰配之物陪哉，岂不妙哉来——你我同饮一盅如何啊？

剑：将军素性旷达，近来为何借酒消愁呢？

辛弃疾：唉！（叹息）想我稼轩官场失意，昨日遭弹劾，今日又被削去宫官虚衔，贬弃在此三十余载，三十余载无人问津！天公妒我才，万物憎我狂，我在这虚虚假假、混沌不清的世界里我还能做什么呢？

剑：饮酒品诗，寄情山水，迎风弄月岂是我平生之志？

剑：既然将军壮志未褪，雄心不改那为何要毁我？

辛弃疾：毁你？不、不、不我没有毁你。你——你在哪里？你在哪里？快出来，快出来啊！

〔拔剑声。

剑：（站在高阶上）醉里挑灯看剑。

辛弃疾：梦回吹角连营，了却君王天下事。

剑：赢得生前身后名，可怜白发生！

范例二十四：

2005 级赵小丹《拟古其九》（节选）：

宗　氏：（哭喊）夫君……

李　白：仰天大笑出门去，我辈岂是蓬蒿人！

宗　氏：君且慢！

李　白：我欲攀龙见明王……

宗　氏：君且慢！

李　白：（更激动地）雷公砰訇震天鼓！

话外音：今查李太白涉与李璘共同谋反，忤逆作乱，但念此前曾为朝出力，流放夜郎，钦此！

〔李白惊呆震住，全身发抖，不由几个趔趄翻身，险些掉入悬崖之时，宗氏上前扶住了他。

宗　氏：夫君且慢！

李　白：哎！（猛地拂袖盖住脸，踉跄从高台跑下）

宗　氏：夫君……

〔画外音与李白附和混声。

生者为过客，死者为归人，天地一逆旅，同悲万古尘……月兔空捣药，扶桑已成薪，白骨寂无言，青松岂知春……

宗　氏：前后更叹息，浮荣安足珍！

李　白：如今我已是朝廷罪臣，绝不再颜见任何人，我心之志，无人可知！从此后，让我独自了余生！

宗　氏：我知你心高洁，但这又何必！生死未了，你身边又能有几人……

李　白：你当日千金买我诗，买懂的就该是我之心，我之志！上天入地，仙俗难两从，不求何人心！

宗　氏：（欲言又止，放下酒和剑在门下，出门口中默然念着）生者为过客，死者为归人，天地一逆旅，同悲万古尘……

〔李白猛然开门，却只发现一壶酒和一把剑，拿起进门，痛苦望着酒和剑，杜甫形象从高台走出。

杜 甫：（同情地）冠盖满京华，斯人独憔悴！

〔高适形象出现。

高 适：烈士暮年，壮心难已啊！

〔“嘭”一声摔酒杯声传出。

李 白：（缓缓举起酒坛）想我一世英名竟遭辱没！（痛苦一饮而就，对天长啸）冠盖京华，又有谁知？烈士暮年，又有何用！（饮完“咣啷”一声摔碎在地，伸手拿剑，望剑，转过身时，已是似乎白发苍苍，霎时衰老，眼泪纵横。这时追光打上，他忽而看见明月，骤然精神，擦拭泪水，疾呼）唯有明月！唯有明月……哈哈……

〔猛地推门而出，仰望“明月”，这时，江水奔腾声滔滔流出。李白雄姿英发，捧江水做美酒，舞蹈化动作痛快大笑。

李 白：我歌月徘徊，我舞影零乱！愿结无情游，相期邈云汉！

李 白：（欣慰，纵身入海，笃定地）仙，我从也！生者过客，死者归人，天地逆旅，同悲万尘！……

范例二十五：

2006级王小杨《凤求凰》当中的台词（节选）：

合唱（背景音乐）：

想当初海誓山盟，看如今劳燕分飞。

痴情女子负心汉，请君且诵《白头吟》。

曲未终，弦已断，绿绮琴在，魂魄散。

大堂内春秋帐冷，庭院外海棠凋零。

有凰无凤，情何以堪！

〔画外音同时，相如在风雪中寻觅。

相 如：已回到临邛六日，日日寻君，依旧杳无音信。数九寒冬，大雪封门，她到底到哪里去了？

〔坐在绿绮琴前，弹起凤求凰；音效：弦断声；闪过一人影。

相 如：（站起来，追过去）文君，是你吗？

〔相如追过去。

〔音乐起；相如摔倒在地，失落地低下头。

〔画外音。

文 君：长卿，听到你的琴声我已明白了你的心意，但我不能再与你回去，还望你好自为之……

相 如：文君，我错了。是我辜负了你！你别恨我，我已将晶尔玛送回邛都去了。临邛的房子，我已叫人封了起来，你若不回去，那里就永远空着……文君，文君……

（唱）：

啼声凄凄唤贤妻，一时糊涂伤你心。
功名利禄绕心计，糟糠之妻未珍惜。
未想天堑遭报应，而今孤苦难相聚。
长夜漫漫绕天际，孤寡一人常相忆。
只恨当初心两意，如今怎能不相离。
天涯海角寻君去，了此残生谢知音。

（画外音）：

文 君：（悲泣地）长卿，长卿……

相 如：（伤心欲绝，走到绿绮琴前）文君，文君，我为你千里跋涉，肝肠寸断，你还不能原谅我吗？（后退几步）文君，文君，知音不赏，绿绮琴何用？凤已去，凰何留？

〔说罢要将绿绮琴砸碎，文君上；音乐起。

文 君：长卿，不要！

相 如：文君，你终于肯出来见我了！仕途黑暗，我已被天子削为平民，如今除了你，我一无所有……

文 君：（将手抽出来）可……你已倾心于那年轻貌美的西夷公主，还来寻我做什么？

相 如（唱）：但见白头吟血泪心俱碎，回忆相知日点滴在春闺。

当年雪夜依稀在，现今劳燕各纷飞。

妙龄一见心意动，鬼迷心窍意识垂。

愿享齐人乐，岂料妻离子散无从追。

深山之中无一人，赎罪至死了残生，执教万念俱以灰！

文　君：（已泣不成声，哭着扑到相如怀中）你这是何苦，你这又是何苦啊……即若早知如此，你又何必当初呢？

相　如：文君，日后你我长相厮守，永不分离！

〔沈氏上。

沈　氏：凤兮凤兮归故乡，遨游四海求其凰。交情通体心和谐，中夜相从知者谁！

“音乐、音响诗词意境小品”的创作，促进了学生对于传统文化的学习，对诗词的学习，在小品创作中由诗词引领着他们文学品格的提高，为后面的戏曲小品创作打下了基础。

思考题：

1. 通过本节的学习，你认为对“音乐、音响诗词意境小品”创作在文体上应当有哪些要求？在文本创作中应该注意哪些方面？

2. “音乐、音响、诗词意境小品”文体创作上的要求，对于戏曲导演学习有什么意义？

第三节　“写意”舞台空间的开拓和实践

“音乐、音响，诗词意境小品”非常明确提出是“写意美学原则”下的创作实践，这就为在舞台空间使用的假定性方面带来了更多的自由。我们的小品教学是写意、写实并行的。在写实小品创作中，我们严格要求同学按照“摹象”的创作要求，依据生活的原貌布置舞台空间，并且要求通过丰富的想象，在舞台行动的组织上要和舞台空间设计生发必然的联系。一旦进入写意的小品训练，舞台空间的“摹象”原则被打破了。那么“意象”舞台空间的规律是什么呢？第一轮诗词意境小品中这个问题虽然还不太明显，但是同学们通过丰富的想象，把自己意象中与诗词意境相对应的舞台空间设计出来了。其中也感受到了一些写意舞台空间使用的规律。这轮“音乐、音响诗词意境小品”中舞台空间的问题比第一轮复杂得多，因为小品要求有故事、有情节、有事件、有人物、有冲突，你的小品故事在什么时间、地点、环境当中发生？成了很实际的问题。

写意空间的创造不等于不要生活的真实，而是要求更本质的真实。导演基础实践课上，我们衡量同学对写意舞台空间创造的标准很简单，一是“出之贵实，用之贵虚”。用王骥德《曲律·论剧戏》中的话“出之贵实”是指小品创作的人物、情感要符合生活的真实——生活本质的真实，“用之贵虚”就是指用到舞台空间创造上，我们提倡创造虚拟化空间。虚拟化舞台设置的原则是：以“用”为准绳，有用则设，没有用则可虚；另一方面，既然设，就要用，最好达到多功能的使用。二是以少胜多，以点带面。这里讲的是当小品构思中确实需要空间布景时，我们要求的不是生活实景在舞台上的再现，能少不要多，有点不用面。三是留下更多演员表演和观众想象的空间。因为既然是“音乐、音响，诗词”为本源的创作必然会带来种种写意的处理，模糊的时空意识，更能“造成观众思想、情感、审美意识的自由‘滑翔’”。（徐晓钟《关于转台的一封信》）

以上三点有没有统一的标尺呢？标尺就是观众的认同，观众在观看演出时，你的舞台空间的使用和设计有利于把诗词意境和自己的立意传达给观众，激发出观众的想象和补充，感受比真实的、摹象的舞台空间更真实、更有魅力，这就是写意舞台空间的创作标尺和原则，也是我们对音乐、音响诗词意境小品在舞台空间设计方面的要求。在实践中怎样能够达到这个要求呢？下面我们用实例加以说明。

一、两“心”相撞，产生总体形象的舞台空间

所谓两“心”，是指挖掘诗词作者的“心象”——诗词的“志”与“情”和自己真心感受诗词后的立意、情感不断碰撞后，对一种形象会产生强烈的表现欲望，由此构成舞台空间。

如2006级陈俊同学的小品《游子吟》：

范例二十六：

原诗：　　　　《游子吟》　孟郊（唐）

慈母手中线，游子身上衣。

临时密密缝，意恐迟迟归。

谁言寸草心，报得三春晖。

讲诗时陈俊同学感受作者全身心的在描述最伟大的母亲形象，从缝衣服这一形象的细节中淌漾出对无不包容的慈祥母爱的情感，陈俊同学由衷地感叹这人类亘古不变的母爱，以至再去认真读很多的诗词，母亲的形象不能被更替，母亲织布、缝衣的身影和母亲织布的声音挥之不去……他说一定要把自己心中感受的形象传达给观众，同时要呼唤着儿子对于母爱应当有一个"谁言寸草心，报得三春晖"真诚的回报。

小品的情节结构始终围绕着母亲、儿子的冲突展开。全剧由儿子和儿子的分离形象回顾自己的母亲，看到母亲在不停地为他们做衣裳，而儿子和儿子的分离形象因为自己没有父亲产生了不同的争执和对母亲的不同态度，后来儿子有了自己的女儿，女儿长大了对父亲也表示不理解，而这时儿子开始慢慢地理解了母亲，就在这时母亲已经去世了……留下了永远的遗憾！

要用怎样一个巧妙的舞台设置才能讲述这个故事呢？首先，他要向观众传达的就是他自己感受到的挥之不去的母亲织布的声音和勤劳默默地为儿子织布、缝衣的形象，他在舞台的中后区运用了一块白屏幕并从后面打投影的方式表现了母亲，为了这三代人各自的表演空间，在舞台前面的左右两方有两个方墩构成支点，既表现了儿子和儿子的分离形象对母爱不同态度的争执，也表现了儿子的女儿在小时候和儿子的亲密，长大后又与儿子产生了不同代沟的冲突创造了空间。于是，白屏幕和前面的两个支点形成"品"字形，使舞台空间随意灵活，母亲时而从白屏幕中走出，时而又成为白屏幕中的投影，当儿子终于理解母亲的时候，儿子冲向了白屏幕，白屏幕裂开，母亲去世的形象和儿子的女儿和父亲的沟通在这三个支点四个空间中得到统一。这个舞台设置以白屏幕投影为主要特色，把孟郊写诗的时代与这个时代虽然不同，但是母子间的情感是永久相同的这点人生的命题写意地表现出来了。当母亲以投影出现在白屏幕时，似乎是具象的母亲，又似乎是天下人的共同母亲，当白屏幕最后被裂开，母亲已经去世的一刹那，激起了所有人对"母亲"的共同情感，产生了强烈的舞台力量。这是运用了舞台设计和舞台行动融合在一起，而同时爆发的一种导演语汇所产生的情感力量。

又如2006级乔雨菲同学做的小品《流浪人》：

范例二十七：

原诗：

《流浪人》　罗门（台湾）

被海的辽阔整得好累的一条船在港里，他用灯拴自己的影子。
在咖啡桌的旁边，那是他随身带的一条动物。
除了它，娜娜近得比什么都远。
把酒喝成故乡的月色，空酒瓶望成一座荒岛。
他带着随身带的那条动物，朝自己的鞋声走去。
一颗星也在很远很远里带着天空在走。
明天，当第一扇百叶窗将太阳拉成一把梯子，
他不知往上走，还是往下走。

这是一首现代诗，从全诗看，色彩似乎有些灰色，但却真实地描写了人在一生当中那孤独的感受。乔雨菲同学谈自己对诗的感受时说："有些人在这世上活了一辈子，孤独了一辈子，在他身上看不到亲情、友情、爱情的关怀，他无数次地想要抓住些什么，却始终黯然失色。但我认为这一切如果不是发于心至于身而一手创造的话又怎么能如此根深蒂固，形单影只呢？人总是如此，为了追求所谓的港湾，一次次把自己推向大海，于是注定漂泊，然而殊不知那曾经的码头便是一生所求。"在这感受中他用自己的心看到了形象："用灯拴住自己的影子……随身带的一条动物""百叶窗把太阳拉成一把梯子""为了追求所谓的港湾，一次次把自己推向大海"。

相对应的舞台空间也就由此产生。她用两个平行的六级台阶摆在舞台正中的后面紧贴剧场二楼，形成了舞台形象中那种太阳照到百叶窗上被拉成了一条孤独的长长的梯子，长梯两旁白景片挡着，一边有四个小方墩。全剧开

始的形象就是被捆在梯子上的流浪人——"用灯拴住自己的影子……随身带的一条动物"幻化的主人公——流浪汉，他被自己的皮带捆住，然后从皮带中挣扎开来，故事情节便由此产生，他望着月亮迎来了自己的心上人——诗中的娜娜，但是为了自己的追求，他远离了自己的女人，他走进的第一个空间就是白景片拉开，呈现在舞台上的由八个小方块在两边组成的一个酒馆。当故事情节进展到他和在酒馆中相识的一个弟兄共同进入淘金生活的时候，整个舞台表现酒馆的小方墩又成了淘金的场地，当他们从淘金的现场逃跑的时候，那个平行的六级台阶成了逃跑有利的支点。扮演兄弟的人就是从这六级台阶一直爬到剧场的二楼，而他就在这最抢眼的舞台设置当中，也就是最开始被捆绑的梯子上出卖了自己的弟兄。于是整个的矛盾冲突和故事的展开，和这舞台空间设置产生了共同的力量，因为前面的情节中他和娜娜的爱情走向高潮的时候也是他们蹬上六级台阶的最高处，他们一起看着升起的月亮，畅想着曾经对爱情、生活的美好未来。这几个转折点都发生在共同的舞台支点上面，加强了导演语汇，揭示了诗词内涵和意境的语汇。无疑，这个舞台空间设计也成功地展现了这首诗所涉及的方方面面辐射出来的人生意境。

二、以诗词中产生的画面构成舞台的空间

有些诗词当中所含的人物和空间都是十分清晰的，用这类诗词构思以"赋"的手法构思成小品时，往往诗词当中暗示的空间形象就可能被学生固定下来。

比如前面列举的小品《蜀相》。（内容见前面实例）

范例二十八：

在原诗中就标明了"蜀相祠堂"，接着就是对诸葛亮一生行为的概括和论述，由此派生出一系列诗句当中蕴含着的人物和环境。比如"蜀相祠堂何处寻，锦官城外柏森森"就非常清楚地点明了"蜀相祠堂"，一直到诸葛亮"出师未捷身先死，长使英雄泪满襟"的感叹。全诗是铺陈式的抒情。导演在小品构思中把"三顾频烦天下计，两朝开济老臣心"的感叹化成了诸葛亮一生的行为和作为。

于是这个小品在舞台空间设置上就必然要出现《蜀相》中的"蜀相祠

堂”。学生在舞台的正中搭建了一个小小的平台，平台上面就像我们进到了“蜀相祠堂”所看到的雕塑诸葛亮形象那样的一个位置，为了给他后面设置的情节寻找出行动的支点，他在舞台的前方设置了两个小方墩，于是就构成了《蜀相》这一具体的环境。小品开始时杜甫从外面走进来以小方墩为支点，外面便是映阶碧草、隔叶黄鹂；当杜甫走进“蜀相祠堂”，面对诸葛亮的时候恰恰是我们每个人走进一般的祠堂或庙宇时面对塑像的感觉，在这个感觉中杜甫产生了梦幻，于是两个人产生了对话，这个小平台随着剧情就转化成诸葛亮三顾茅庐时的茅庐，刘备从小方墩后面走上了小平台，这个小平台就成了诸葛亮茅庐的空间，在这小方墩上，诸葛亮和刘备相对而坐，诸葛亮侃侃而谈的隆中对由此而产生。当隆中对结束时，几个兵穿插而上是在平台下穿插小方墩展开的。于是平台下的空间，几个小方墩穿插的空间就变成了三国时魏、蜀、吴三足鼎立角逐的战场；当关羽大意失荆州，刘备要为关羽报仇时，导演让刘备穿插在舞台的小方墩空间，又用追光表现了关羽的形象，刘备为报私仇铤而走险；当舞台再一个灯光闪起的时候，四周蜀兵的再次报上，表现了刘备为公报私仇而引起的步步失败，失败的集中点就是在于最后报上的街亭失守，于是诸葛亮不得不登上西城的城楼抚琴而退司马懿大军，随着剧情舞台正中的小平台又变成了诸葛亮抚琴的城楼；就在诸葛亮退走了司马懿大军之后，他抱着琴走下这个小平台时，一个踉跄，有个舞台的大停顿，然后音乐由此而起，使人感到诸葛亮已经呕心沥血走到了人生的尽头，于是这个平台被多次用来表现诸葛亮一生重要行为的所在地，平台的运用和两边方墩的运用都恰如其分地表现了导演要叙说和铺陈整个舞台情节发展变化。四次小平台的使用，既表现了诸葛亮一生的转折关键，又表现了杜甫情感的层次。

又如2006级学生王岩的小品《家》，这是一首现代诗。

范例二十九：

《家》　李楠

星空灿烂的今夜，我凭窗而立。

白天的旅行使我疲惫。

又小又静的家，却让我无限伤怀。

我想起远处漆黑的山脉和我一样，看着树木垂落，昆虫回家。

想起世间万物，也有着微薄的理想。他们都在为家奔忙。家啊，命运的神谕。还有飘零的游子，走过许多国家。在遥远的异域，他们也常说我要回家。

王岩同学所设计的故事情节是一对老夫妻，身在外国的儿子家中，适逢圣诞节，想起自己在国内过春节时的情景，由于不习惯外国人的风俗与礼仪，而勾起了自己对家的思念。情节随诗展开，最后父亲还是回到了北京的家中过着自己的春节。

这是一个比较写实的小品，但是我们也要求导演设计出相应的表现这一内容的写意空间。导演在舞台的左前方设置了一个窗子，在舞台的右后方设置了一对沙发。在舞台的正后两个折合的景片形成这个家的另外房间，虽然表现外国家庭环境，但是仅调动了支点，怎样才能表现回到祖国后那个和邻居一起包饺子过大年其乐融融的家呢？导演开掘了黑匣子的二楼空间，使用二楼右边表现了老夫妻两口子的家，左边二楼表现了另外一家儿子想要出国，母亲想让儿子留在国内的邻居。于是舞台下成了三度空间，三度空间的共同交织和对话，便是作者在诗中所表达的，和学生所要创作的一个民族很难磨灭自己民族风俗的向往和对自己家的真正向往，楼上楼下对比了国内和国外两个不同的家，最后儿子也懂得了父母的心，小孙女也渐渐融入了中国文化的意境，也被同时产生的舞台画面和舞台空间设计共同烘托出来。

三、以小品人物的行动贯穿线设计的舞台空间

在“音乐、音响，诗词意境小品”中，不少同学选择以诗人自转体为内容的构思。舞台的设计往往是主人公发生所有故事情节能够共用的空间，这也是写意舞台创作的一种形式。

比如2005级赵晓丹同学的小品《拟古其九》：

范例三十：

《拟古十二道》（其九）　李白（唐）

生者为过客，死者为归人。
天地一逆旅，同悲万古尘。
月兔空捣药，扶桑已成薪。
白骨寂无言，青松岂知春。
前后更叹息，浮荣何足珍？

李白在诗中感叹了自己一生的理想和遭遇。小品以诗中诗人一生的贯穿事件为线索，传记式地写了李白的一生。小品是从李白清唱“花间一壶酒，独酌无相亲。举杯邀明月，对影成三人”的诗句开始的，接下来的情节引发出月亮升上天空，李白在喝酒中幻化出这三人是杜甫、高适和自己。接下来的情节便是李白被唐明皇请去写《醉写蛮书》之后遭到高力士等人的嫉妒和破坏。接下去又写李白随雍王东下，最终酿成李白一生不可逆转的政治悲剧，于是李白在诗中“前后更叹息，浮荣安足珍”的叹息中跳河自尽而死……

这样一连串的情节在什么样的舞台设计中体现呢？赵晓丹同学用一个白色的屏幕作为表现李白一生前后命运转变的过程，白屏幕前是横贯全场的三级平台。开始在“花间一壶酒”的吟唱中李白是从屏幕后面转到平台上场的，月亮是追光打出来的，“对影成三人”——李白幻觉中的高适和杜甫分别从后斜角平台和对角的前区上场。到了李白、高适、杜甫对饮时摔杯而去，却摔出了“青松岂知春”的意境，随着音乐白屏风后面打出六个持花的美女运动的投影，接着款款而出动，一下子持花的美女成了宫廷的象征，于是白屏风成了宫廷的屏风。李白“醉写吓蛮书”的情节就在此而展开，高力士的形象和杨贵妃的形象都由这六个持花的美女表现。接下去的情节是妻子劝李白不要跟随雍王的情节，妻子持酒而上，李白见酒而喜，二人就在争执中李白摔杯，表现了不顾妻子的劝告置身投向了雍王。在这一段过程中，六个持花美女又变成了李白投向雍王过程当中的路途障碍。李白持鞭又横过舞台的平台来回行驶构成了舞台调度，后面的白屏风象征着在李白人生得意时逐渐要为自己悲剧留下的足迹，终于李白被流放了，妻子出来安慰李白，给他抱来了一坛酒，李白饮酒持剑又表现出不顾及亲人的劝告那种放荡不羁的性格。李白仍然不顾及妻子的劝告把酒坛摔去，直奔白屏风而去，这时的白屏风就象征着李白眼前欲舍又难舍的仕途之路……这时六个持花女又拉出了三条白长绸，象征着李白投水而死的悲壮人生，李白在人生的最后之时持笔写下一篇篇流传千古的诗句。这三条白长绸飘在白屏风前也构成了一种舞台语汇，就是人生在功名路上的沉浮。

这是一种以诗中人物的历史行为、历史事件构成一个统一的舞台样式感，统一意蕴和内涵的空间设置。但在故事的转化过程中，这些支点又在不断改变功能。

范例三十一：

又如前面列举的小品《满江红》（内容见前面实例）也是属于这类的舞台设置。小品开始的规定情境是学生在课堂上课，第一块情节就是学生在上课当中不认真背诵《满江红》。怎样体现“课堂”这个规定情境呢？卢秋燕同学在舞台正中后面设置了教师上课的课桌，舞台课桌前放置着12把木凳，12把木凳表示课堂的座位，这里教室的门、窗、墙壁被省略了，学生的课桌被省略了，黑板也被省略了。为什么要省略？一是，整个小品情节不需要，二是，后面情节需要转换规定情境时，木凳和教师的课桌都可以转换功能，如果加上门、窗、墙壁、学生课桌、黑板，既限制了规定情境的转换，又不能在情节转换时起到其他作用。后面的情节就是在这样的一个舞台设置中展开的，这里面没有，学生所坐的都是小木凳、课桌。但是舞台空间是支点性的意向设置，在学生都不认真背诵的时候，老师摔书后罚学生背诵，声音越来越大，变成了火车声，火车穿过时间隧道之后，这里有一个压光，再次长光还是同样的舞台设置，但是所坐的学生变成了抗日战争时期的学生，后来的情节都是在这个课堂展开的。虽然在小品中有同学、有老师，有同学告别老师上前线，学生又争着上前线，但是并没有离开这样一个空间。当舞台行动和台词表现出他们上前线的时候，每一个课堂上的凳子变成了他们上前线的支点。首先，是变成了他们一起来到长城上的支点，他们看到了长城内外都是日本士兵。接着学生们看到了在短短15个月内日军侵占了大半个中国。这时每个学生在12个木凳面前来回穿插地跑，象征了在中国国土上被日军占领后当时混乱的景象。有个学生跪在一个木凳面前，当一个学生说到“北平危机”时，这个学生就用木凳重击自己脚下，木凳又变成了中华民族情感宣泄的有声源音响的支点；接着是一系列催命一样的报告声：“天津危机”、“华北危机”、“中国危机”，“1937 年 7 月 28 口口军占领北平”、“1937 年 7 月 30 日日军占领天津”、“1937 年 11 月 12 日日军占领上海”、“1937 年 12 月 13 日日军占领南京”、“1938 年 5 月 28 日日军占领徐州”、“1938 年 10 月 20 日日军占领广州”、“1938 年 10 月 28 日日军占领武汉”……每一次报告声，其中一个学生用手不断端起凳子敲打着自己脚下的这块土地作为舞台音响。学生一个报过之后一个就面向了舞台旁边的边幕，另一个报后又向着舞台的边幕，当八个学生都向着舞台边幕的时候，象征着中国人面向石壁的悲哀。空旷出来的舞台当中的 12 个小凳表现了中国国土被日军占领的悲惨景象，接着那个胆小的同学在流亡的途中这一片木凳又成了自己亲人被剖腹挖心景象的象征，整个小品是在这样一种舞台设置过程当中产生的。12 个小凳既表现了课堂又表现了战场，也表现了人们不堪重负逃亡的各种景象，又表现了人们对于自己不能够忘记的民族危亡历史的支点和定点。这既是表现课堂实际支点有生活根据的舞台环境，又是可以转换的写意舞台设计。这就体现了我们对写意空间设计的要求：“出之贵实，用之贵虚”、“以‘用’为准绳，有用则设，没有用则可虚；另一方面，既然设，就要用，最好达到多功能的使用。”

又如 2005 级童龙同学的小品《在一个地铁站》也是以这样一个舞台设计原则设计的。

范例三十二：

原诗：

《在一个地铁站》　庞德（现代）

人群中这些面孔幽灵般的显现，
湿漉漉的黑色枝条上的许多花瓣。

小品开始时两边的白景片挡住了观众，观众不知道里面发生了什么，当诗句展开的时候，白景片拉开，白景片后面有四个方敦，上面坐着四个人，象征着地铁里的人们，而他们在舞蹈当中表现了在现实生活当中，人们在地铁车站等候地铁时的各自为生活所迫的匆匆而来匆匆而去的心理状态，当这个舞蹈完成，白景片合上的时候，舞台前方的左侧设置了办公桌的支点和上面一本一本的报表和请求批示的纸张等等道具，一个面对这一支点不断忙碌工作的青年男人。舞台右前方设置一把转椅，坐着不断指使这位青年男人的老板，两人在行动和对白过程中发生了冲突。而这些冲突的支点都和现实生活当中的支点相近，情节发展到老板再次用更多的工作压力压向这个年轻人的时候，年轻人的心理产生了变化，他走向了白景片。白景片裂开，年轻人进去，而等到再次出来的时候年轻人手捧着一本夸张了现实生活几十倍的大书，把它压在了老板的身上，老板站到了办公桌的方向，年轻人坐到老板的转椅上，这时两个支点立刻暗示导演的语汇：老板背着这本大书不堪重负，年轻人坐在转椅上意满志得，表现了这首现代诗中人性的变态的内涵，揭露了人性在极端压力下所产生的幻觉和人性的弱点。舞台前方的两个支点是有生活依据的，而舞台后面所拉开的四人平坐在一起的舞蹈动作，又是超乎生活的，是表现主义的，前后区的舞台设计统一在“表现生活本质”而不是再现生活的写意原则上。符合我们“以少胜多，以点带面”、“留下更多演员表演和观众想象的空间”写意空间设置的要求。

四、以舞台支点的运动强化导演语汇的空间设计

舞台设计的布景、支点、道具本身就具备舞台语汇，在戏剧情节发展的过程中直接参与冲突的发展，变成导演的语汇，是导演学习中的一个命题。“音乐、音响，诗词意境小品”成为这个命题教学实践的有利基地。

比如前面例举的小品《小鸟》。

范例三十三：

导演根据普希金的《小鸟》设置的故事情节是在一个家庭冲突中展开，这个“家”的舞台设置非常要紧，既要表现完整的家，又要表现家对个性自由的限制。用再现写实的原则肯定不行，但是，一开幕就必须告诉观众“这是一个紧锁大门的家的空间”。当舞台在沉重的关门声、锁门声，女儿呼喊

“妈妈，放我出去”的呼叫声，母亲在用榔头敲打鸟笼的声音中长起光来时，我们看到了这个“家”是由三个支点表现的：一边是被紧关的大门景片，一边是一道白景片（表现这个家庭的墙），一边是窗户的景片。三方面的舞台支点构成了这是一个家庭，而在后面情节发展的过程当中，女儿要求自由，父亲拿回的小鸟，从小鸟的放生过程中也感悟自己受着这个家庭的束缚。于是父亲出走，母亲因为父亲的出走而想进一步把这个家庭牢笼缩紧，于是不断地敲打着自己的鸟笼，在敲打声中，她不再愿意放女儿出去上大学，在这个过程中，家里的门、墙壁和旁边的窗户三个支点在敲打声中穿插运动起来，在强烈运动的过程当中三个支点越箍越紧，最后合在一起变成了鸟笼一般的小天地，把母亲拘在这个鸟笼一样的家中。这个运动是导演使用舞台布景的运动，导演的语汇被强化了——母亲希望把自己的亲人绑在身边，就像小鸟装进笼子里一样。余下的情节表现了母亲此时认识到了一个由女儿的呼唤中出来的事实，就是那个笼子中已经没有鸟了，你不要再钉了，此时母亲在绝望中突然觉醒了，于是台中的小方墩，一个日记本，母亲在上面写着日记，吟诵着普希金的这首诗：“我只把一只小鸟放回了蓝天，于是我的心感到欣慰，为什么上帝有着许多忧怨？至少我可以把一个生命从手中放走，给予它自由。”此时表现房间的三个支点又慢慢拉开变成了一个正常的房间的空间，门也被打开了，母亲悄然走下，追光追着母亲在一个家庭矛盾交织过程中的觉醒和感悟是那个刚刚写下的日记。这种舞台设计也是写意的典型，符合我们教学要求中的“以少胜多，以点带面”。“既然设，就要用，最好达到多功能的使用”。整个小品的景参与了舞台行动、参与了故事情节，表现了舞台空间的设置、布景的设置可以强化导演的立意和语汇，在演出中起到了振动人心的作用。

五、以舞蹈（包括戏曲舞蹈）动作、舞台调度构成的完全虚拟的舞台空间

在虚拟空灵的舞台空间中演绎出行云流水的情节，塑造出千姿百态的人物形象是戏曲的本体特征。也就是说在写意戏剧的创作中还有这样一种形式：舞台上什么布景和支点全没有，但也要表现情节发展、戏剧冲突，也要塑造鲜明人物，那么依靠什么呢？——依靠导演在写意戏剧观的指导下，调动演

员虚拟化的表演。“虚拟的表演指的是：虚拟动作与虚拟的调度两种，它是由虚拟的空间到审美空间的中介实体组织形式。”① 对于导演来说，虚拟的动作就是舞蹈化的舞台行动；循着故事情节发展、戏剧冲突把舞蹈化的舞台行动组织起来就是舞蹈化的舞台调度。在创作中实景是没有的，但是，在故事情节的发展和不断变化的规定情境中它是存在的，它是由导演组织、安排虚拟化的行动和舞台调度通过演员的表演表现出来的。在戏曲中这叫做“景随人走”、“物由情生”。在导演基础创作训练中，“音乐、音响，诗词意境小品”是一个训练这种戏曲写意思维的很好课题。前面所举的实例中支点、景、部分景的写意设置和运用也是戏曲的特质的体现，但有一部分小品完全把景虚掉。更达到了“把不存在的环境通过人的形体表现出来，从而又在观众中产生艺术的真实感”② 的写意创作实践锻炼。

比如刘宇的小品《伞》：

范例三十四：

原诗：

《荷叶伞》　李广田

我向着归路前进，我听到伞上的雨声。

正如我首途前来的心情，明白而澄清。

是为了伞而来的雨吗？还是因为预卜必雨而才给我的伞呢？

天地黑暗，云雾迷蒙，不见山川草木，但闻伞上雨声。

雨小时伞也小，雨大时伞也大。

路上已不止我一个行人，我仿佛看见许多人在昏暗中冒雨前行。

我恨我的伞不能够更大，我希望我的伞能分做许多伞。

如风雨中的荷叶，满江满湖。

我的念头使我无力，我的荷叶不知几时摧折，

我醒来，窗外的风雨正大……

---

① 朱文相：《中国戏曲学概论》，文化艺术出版社 2004 年 9 月第 1 版，第 528 页。

② 同①，第 524 页。

在读诗构思小品时，刘宇同学从“为了雨找到伞，还是为了伞而来的雨”中思考了人生成长过程中的命题——一个人从出生到长大到成人，母爱无处不在，然而是不是永远要依靠母亲的呵护？在实现自己立意的过程中，他的构思是很独特的。小品是以青年小宇在舞台中心吟诵开头，接着在行云流水的音乐中，十把红伞分两边“包抄”（戏曲调度的术语）上的调度把小宇“裹下”（戏曲调度术语）场，然后合成“斜一字”（戏曲调度术语）定格成中间比两边高的造型，紧接着双边“蛇蜕皮”（戏曲调度的术语）十把大红伞组成中间的大“品”字，再定格；接着儿声响亮的婴儿哭声，大红伞向两边分开，中间一束光束显露出来……到此为止，观众会感到红伞流动舞台调度的优美和导演的语汇：红伞的流动是潺潺流水般的母爱，两次红伞聚集不同的造型是母爱在孕育生命的象征。响亮的哭声传来——小宇的生命诞生了……

接着雨声起——雨来了，四把伞冲向舞台中间的光束，和留在舞台前方两处的伞同时“推磨转”（戏曲调度术语）。孩子的笑声传出来，中间四把伞在推磨过程中突然分开，露出了光束下的一把小伞，至此观众才看清楚了拿十把伞的都是面目慈祥的女性，她们是母亲，手持红伞在呵护着幼小的生命。接着两侧的六把伞走“十字靠”（戏曲调度术语），带动舞台后面的四把伞“二龙出水”（戏曲调度术语）。十人在舞台正中走出纵向“正一字”（戏曲调度术语）接着“两边外翻”（戏曲调度术语）成后平列，一个成长为小学生的小宇从红伞中冲了出来……孩子长大了，但是在雨中他走不出去，十个妈妈手持红伞在“十字靠”的调度中加以转身的优美舞蹈变成了前后两排，中间夹着小宇在哭泣，两排的母亲似乎都听到了小宇的哭声，于是她们向两边分成正常的“斜八字”（戏曲调度术语），她们用伞不断戳着地面，呼唤着“小宇”、“小宇”的名字——母亲盼望小宇学会自己独立生活的语汇便产生了。

小宇在呼唤中学会了打雨伞，他支起了雨伞，欢呼着“妈妈，我有伞了！妈妈，我有伞了”从中间冲出，十把红伞插成了“十”字形，调度成了“十”字形在舞台运动半周，在舞台前方正中变成了“正一字”（戏曲调度术语）。随着红伞的落地，长成了青年的小宇走上了舞台。青年的小宇为自己的恋爱而苦恼，这一段由演员的独白表演来表现，而十把伞平放地下一串红的造型，时而两边翘起，就像母亲双手捧着那珍贵的时刻……小宇在独白中从一个个母亲身边穿插，从台词中我们知道小宇初恋失败了，这时母亲们站了起来，手持着伞变成了三组的调度，意味着母亲对儿子的抚慰，接着红伞变为后面一长排，前面一短排，象征着一条长长的成长之路……母亲此刻呼唤着："小宇！小宇！"小宇从路中跑过，喊着："伞！伞！"……此时红伞前后交错，好像被母亲和小宇的彼此呼唤激活了。在红伞的交错中，小宇的恋人持伞上场，红伞静止了，倾听着两个青年恋人的对白、交流和表演，随着这一段表演的结束，十把雨伞组成了一个两边向上的月牙形，象征着一条鹊桥之路。全场在这个优美的画面中定格……

突然雷声响起，造型分开了，小宇冲出，红伞分散，此时又意味着小宇与恋人分手。失恋的小宇跑着、一个个看着十把伞下的人，他在追寻着……

当小宇气馁地坐到中间时，十把红伞在调度中分成两组，同时向小宇走来，关切地呼唤着："小宇！小宇！"，意味着在人生最关键的时刻，母亲关怀着、抚慰着自己的儿子。青年的小宇再次向母亲索要"我的伞，我的伞"。此时手持十把伞的母亲同时背过身去——传达了导演对于成人的小宇不要再指望别人呵护的语汇。小宇此时冲了出去，十把伞在舞台调度中组成了三面围墙。小宇几次要冲出但又冲不出去，以人持伞组成的舞台空间象征着人生中总有走不出围墙的时刻……

就在青年小宇冲不出围墙时，儿童的小宇撑着自己的小伞在围墙外跳跃而上。这时导演设计了"组合形象"（导演术语），青年的小宇心里想起了自己的儿童时期，自己第一次撑伞的依靠。而此时撑着十把伞的母亲由三面墙的造型中把伞举起，汇合成一个正面的"蛇蜕皮"（戏曲调度术语）。把儿童时期小宇撑着的小伞收走了，接着分到了两侧，各自分成了"走马灯"的运动（戏曲调度术语）。青年小宇围着两边穿插着找自己的伞……调度中十把伞变成了舞台后方的一横排，母亲们把手中的伞收起，像手持着利剑冲向了前方，同时收光。强烈的舞台语汇产生了——生活有时是无情的，最关键时刻，常常需要自己直面……急促的喘息声中光再起时，青年的小宇卧在台上吟诵着诗句……

回顾一下舞台上所出现的母亲，孕育生命的母亲，教会儿童时的小宇第一次打伞的母亲，关注着小宇初恋的母亲。青年小宇和女友走上了鹊桥，小宇在人生过程中失落时遭遇四面的围墙等等，这些都必须具备规定情景，都需要有具体形象来体现，但又是写实的实景所不能表现的，写意的舞蹈动作和舞台调度，不断构成、变幻语汇来完成。观众在领略导演语汇的同时又在欣赏着舞蹈，在欣赏的过程中不断用自己的想象补充艺术形象，造成观众思想、情感、审美、意识的自由翱翔。这就是写意创作中完全虚拟空间带给观众“另一番天地”的审美感受。

这种完全虚拟空间的运用只有在诗词意境小品的创作过程中才能得到实践。如2006级唐甜甜同学的《分离的爱》，讲述了两个不同种族之间，从儿童时期一见钟情，到青年时期心心相印，到战争夺去了心爱人的生命，一直到晚年的长相厮守的生死恋，整个小品的叙述过程也没有舞台实景的设置，而是由一段接着一段的舞蹈、形体、调度来组成的；又如2006级秦思莹同学的《渴望》，讲述了三个在农村的小女孩渴望上学的故事，全场也没有舞台布景，开始是由三个小女孩在农田里插秧的舞蹈场面来完成的，姐妹三人渴望读书，只有具体的书的道具存在。姐妹三人不同的性格又是通过不同节奏的舞蹈来表现，由于舞蹈占尽了下面的空间，最后构成孩子渴望上学时是开掘了剧场二楼的空间造型与下面相对应的形式来解决的，这也是写意舞台空间的巧妙运用。这一部分小品的实践都体现了戏曲特有的双重审美的效益。

这是一种完全的、写意的戏曲舞蹈思维的学习和锻炼。我们在做“音乐、音响，诗词意境小品”时鼓励同学们运用这种思维，用舞台上的舞蹈和行动、造型、调度来构成舞台导演语汇，鼓励他们用这些完全虚拟的舞台空间来表现自己的作品。这些作品更表明我们这个课题是话剧小品向戏曲小品过渡的桥梁特性。

总之，“音乐、音响，诗词意境小品”在舞台空间设计方面对学生的要求和锻炼也是写意的创作，同学们的实践是丰富多彩的，每个同学的舞台空间设计来自不同的诗词和不同的构思，汇集在一起，同学们在实践中获得的是多元性能力，所以，这个课题在全面开发学生的意象性创作思维和创作能力方面有着不可估量的作用。

思考题：

1. 写意的舞台空间设置和写实舞台空间设置在创作要求上有什么不同？

2. 你认为写意舞台空间设置可以分哪几类？试用实例说明。

3. 总结一下自己在创作小品过程中舞台设置是怎样诞生的？符合写意创作规律吗？

戏曲导演基础课教材“诗词意境篇”是戏曲导演在教学实践中“诗词意境小品”三段式教学的教材。诗词从文化到美学系统都可以说是戏曲的母体，它在创作观念上和创作方法上的意象性、韵律性、节奏性、规范性等等都是戏曲的基本元素。我们抓住了诗词这个载体，实际上是找到了戏曲导演教学的捷径，它可以不拘于表现手段的难、易，而必须体会诗词创作方法中的“写意”意境，必须找到和思考与现实生活相关联的内容，又必须找到承载这个内容的舞台形式。由诗词为文本的二度创作，就决定了它的舞台表现形式走向虚拟性、歌舞性、写意性。学生在这里体会到的不是戏曲表演教学中的模仿或程式的重组，而是艺术形式怎样表现自己要表现的内容的一种真正意义上的形象思维活动。教学的成品印证了在这个课题下学生创作潜质开发的成果。音乐、音响的导演元素与诗词意境再度融合，在小品中提出必须展现诗词和音乐、音响相对应的意境的教学要求。经过这两轮教学，学生对戏曲“意象思维”的创作有了切实的体会。

因为在实践中是三段式教学，教材的使用也要有相应的阶段：第一章以理论讲述为主，在一年级前四周内讲完；第二章在一年级“诗词意境小品”开始前（第十周）以理论引入的方式讲完；第三章在二年级“音乐、音响，诗词意境小品”开始前第一周到第二周内以理论引入的方式讲完。三段式教学在时间上并不是一气呵成的，中间要与话剧导演训练的“写实”元素教学穿插进行，学生在自己的知识建构中自然融合了东西方戏剧基本元素。这种教学模式的力量在二年级后期的戏曲小品一直到导演创作和毕业剧目的教学中得到了充分的展现，形成上海戏剧学院戏曲导演专业教学的特色。

参考文献

《姜斋诗话》　（清）王夫之著　人民文学出版社 1961 年 1 月

《诗词例话》　周振甫著　中国青年出版社 1962 年 6 月

《中国诗学》　李笑野　张晶著　东方出版社 1999 年 3 月

《诗词格律》　王力著　中华书局 1979 年 6 月

《诗词基本知识》　金席友编著　内蒙古人民出版社 1981 年 8 月

《戏剧导演》　张仲年著　海霞文艺出版社 1995 年 9 月

《向“表现美学”拓宽的导演艺术》　徐晓钟著　中国戏剧出版社 1996 年 3 月

《中国戏曲学概论》　朱文相主编　文化艺术出版社 2004 年 9 月

《话剧音乐的魅力》　郦子柏编著　中央戏剧学院教材

《舞台音响效果的特性与功能》　郦子柏编著　中央戏剧学院教材

图书在版编目（CIP）数据

诗词意境小品教程/ 宋捷，万红著. —北京：文化艺术出版社，2011.4

ISBN 978—7—5039—4992—0

Ⅰ.①诗…　Ⅱ.①宋…　②万…　Ⅲ.①戏剧小品—高等学校：艺术学校—教材

Ⅳ.①J827

中国版本图书馆 CIP 数据核字（2011）第 043089 号

诗词意境小品教程

著　　者　宋　捷　万　红
责任编辑　周进生
责任校对　方玉菊
装帧设计　刘玲子
出版发行　文化艺术出版社
地　　址　北京市东城区东四八条 52 号　100700
网　　址　www. whyscbs. com
电子邮箱　whysbooks@263. net
电　　话　（010）84057666　84057660（总编室）
　　　　　（010）84057691　84057690（发行部）
经　　销　新华书店
印　　刷　国英印务有限公司
版　　次　2011 年 6 月第 1 版
　　　　　2011 年 6 月第 1 次印刷
开　　本　720×960 毫米　1/16
印　　张　10.75
字　　数　113 千字
书　　号　ISBN 978—7—5039—4992—0
定　　价　25.00 元